EMA ENGERER

der geschmack
von erleuchtung und
bratkartoffeln

roman

WINDPFERD

Die Geschichte vom Holzpferd auf Seite 159 f. stammt aus: H. Spaemann, „Das Holzpferd oder Schritte zur Wirklichkeit". Kösel, München 1982. Aus dem Kinderbuch ›The Velveteen Rabbit‹, Margery Williams, New York 1922.

Der Prolog auf den Seiten 9 bis 10 ist mit freundlicher Genehmigung von Chögyal Namkhai Norbu frei übersetzt aus: „Dream Yoga and the Practice of Natural Light", 2002, Snow Lion, S. 95 ff.

Personen und Handlungen des Romans sind frei erfunden.

Dr. Ema Engerer studierte Diplom-Psychologie, Psychiatrie und Philosophie und befasst sich seit früher Jugend mit den Weltreligionen und Fragen zum Leben und seinem Sinn. Seit mehr als zwanzig Jahren arbeitet sie als Psychotherapeutin mit Jugendlichen und Erwachsenen. In ihrer freien Zeit schreibt sie oder reist durch die Welt.

Windpferd Taschenbuch Originalausgabe
10083

1. Auflage 2014

© 2014 by Windpferd Verlagsgesellschaft mbH, Oberstdorf
Alle Rechte vorbehalten
Umschlagkonzeption: Guter Punkt, München
Umschlaggestaltung: Kathrin Steigerwald
Covermotive © Foto Mexiko, Hintergrund © John Coletti/Getty Images;
Ornament © juliasneg/Fotolia.com
Korrektorat: Liselotte Kafka
Layout: Marx Grafik & ArtWork
Gesetzt aus der Adobe Garamond
Druck: Himmer AG, Augsburg

Printed in Germany
ISBN 978-3-86410-083-3
www.windpferd.de

Ein kleines Lied! Wie geht's nur an,
Dass man so lieb es haben kann,
Was liegt darin? Erzähle!

Es liegt darin ein wenig Klang,
Ein wenig Wohllaut und Gesang
Und eine ganze Seele.

Marie von Ebner-Eschenbach (1830-1916)

Wer immer du bist! Bewegung und Licht sind eigens für dich,

Das göttliche Schiff segelt durch göttliche See für dich.

Wer immer du bist! Du bist er oder sie, für die die Erde flüssig
    und fest ist,

Du bist er oder sie, für die Sonne und Mond am Himmel hängt,

Denn kein andrer als du bist Gegenwart und Vergangenheit,

Denn kein andrer als du bist Unsterblichkeit.

Jeder Mann für sich selbst und jedes Weib für sich selbst ist

das Wort der Gegenwart und Vergangenheit und das wahre Wort
    der Unsterblichkeit,

Keiner kann für den andern etwas gewinnen, – nicht einer,

Keiner kann für den andern wachsen, – nicht einer.

Walt Whitman (1819-1892), ›Grashalme‹

Für Chögyal Namkhai Norbu

– *Juwel des Himmels* –

in Liebe

„Als ich acht Jahre alt war, im 12. Monat des Feuer-Hund-Jahres, 1946, wurde ich von meinem Onkel mütterlicherseits, Khyentrul Rinpoche Jigdral Thubten Chökyi Gyatso, auch bekannt als Jamyang Chökyi Wangchug und Pawo Heka Lingpa, eingeladen. So reiste ich nach Derge Sulkhog Galing …

Eines Nachts während dieser Zeit hatte ich folgenden Traum: Onkel Khyentrul Rinpoche war zusammen mit seinen Schülern Yogi Kunsang Rangdrol, Togden Champa Tendar und mir. Meister und Schüler kletterten einen dicht bewaldeten Hügel voller verschiedener Pflanzenarten hinauf; nach kurzer Zeit erreichten wir ein wunderschönes, ostwärts gerichtetes Landhaus. Wir standen vor dem prächtigen Haupteingang in Form eines leuchtenden Regenbogens. Onkel Khyentrul Rinpoche sagte zu uns: »Kunkhyen Longchen Rabjampa lebt im oberen Stockwerk dieses großen Hauses, lasst uns ihn besuchen.« Wir folgten Rinpoche zur Tür dieses Hauses … Ein Mädchen mit Knochenschmuck näherte sich uns. Auf seinem Herzen trug es einen klaren, polierten, daumengroßen silbernen Spiegel, in dessen Zentrum sich ca als ein goldener symbolischer Buchstabe befand. Sie bat Onkel Rinpoche, sich auf den Platz vor einem großen Thigle-Zelt zu setzen, und Onkel Rinpoche setzte sich. Ich begleitete ihn und setzte mich zu seiner Linken … Glücklich lächelnd sang der Yogi die wirklich wunderbare Melodie des Vajra-Liedes e ma ki ri ki ri. Er sang langsam und mit einer feinen weichen Stimme und jeder im Raum stimmte mit melodiöser Stimme in den Gesang ein bis zum Ende: ra ra ra.

Während dieser Zeit war ich frei von Gedanken wie ein neugeborenes Kind, wie ein Stummer, der nicht sprechen kann. Mein Körper zitterte und pulsierte etwas. Ich befand mich in einem Zustand von *hadewa* – unmittelbarem Gewahrsein – und es war unmöglich, meine Gefühle zu beschreiben. Jedes folgende ra des ra ra ra am Ende des Liedes wurde von der ganzen Versammlung einstimmig immer lauter und lauter gesungen, und das letzte ra wurde kraftvoller gesungen als das Röhren von 1000 Donnerschlägen. Mit diesem Eindruck erwachte ich. Das war das erste Mal, dass ich das Vajra-Lied hörte. Seither erinnerte ich es klar. Das Lied entsteht immer wieder klar in meinem Geist und manchmal höre ich spontan seine wunderschöne Melodie.“

Chögyal Namkhai Norbu

In der Neumondnacht saß Amai auf dem sonnengetränkten Sand, lauschte dem Rauschen des Meeres und zählte die Sternschnuppen. Zog eine Sternschnuppe ihren leuchtenden Weg durch den weiten Himmel, wünschte sie sich etwas. Der größte Wunsch kam aus der Tiefe ihres Herzens und galt der Erfüllung vollkommener Liebe. Der zweite Wunsch war der Großmutter, den unbekannten Eltern und Ahnen gewidmet, der dritte ein stummes Gebet, das alle noch ungedachten Wünsche in sich vereinte. Doch gab es Nächte wie diese, in denen der Himmel ein Fest zu feiern schien und sich Sternschnuppen wie flüssiges Gold in das Dunkel des Himmels ergossen. Als abermals eine Sternschnuppe ihren Lichtschweif in den Himmel malte, bat Amai darum, ihren Weg in der Welt zu finden, und bei der fünften um den Einklang ihres Lebens mit der Natur und der darin verborgenen Kraft, so wie es die Großmutter vorgelebt hatte. Der nächste Wunsch galt einem Gefährten und einer gemeinsamen Liebe. Den siebten schließlich widmete sie der ganzen Welt, damit die Kriege, von denen sie gehört hatte, ein Ende fänden und Friede einzöge in die Herzen der Menschen.

Unter diesem herbstlichen Himmel voller Glück verheißender Sternschnuppen fühlte sich Amai getröstet und beschützt, obwohl sie wusste, dass der regenreiche Winter nicht mehr lange auf sich warten ließ. Unzählige Male war sie mit der Großmutter in der versteckten Bucht gewesen.

Amai seufzte und sog tief die salzige Luft ein. Seit Großmutters Tod überfiel sie immer wieder eine unaussprechliche Einsamkeit. Sie war unschlüssig, was sie machen und wohin sie gehen sollte. Großmutter war der Mensch gewesen, der ihrem Leben Halt und Sinn gegeben hatte. Mit ihr hatte sie tagein tagaus Kräuter, Beeren und Pilze gesammelt, im Wald und auf Wiesen, von Baumrinden und am Flussufer. Elia hatte sie auch gelehrt, mit den schweigsamen Bäumen zu sprechen. Viele Jahre hatte sie mit Großmutter die Kranken besucht und zugesehen, wie sie aus sorgsam ausgewählten Pflanzen einen heilenden Tee oder Wurzelsud kochte, ihnen gute Worte zusprach, sie tröstete. Amai war auch dabei gewesen, wenn sich Menschenleben ihrem Ende zuneigten. Dann wohnte sie den Ritualen bei, die die Großmutter ausführte, um ihnen den Übergang zu erleichtern. Alle vertrauten der alten Kräuterfrau mit dem gütigen, zerfurchten Gesicht, die den Menschen zuhörte und für sie so da war, als gäbe es keinen anderen Menschen auf der Welt.

Die Großmutter saß in ihrem Lehnstuhl, als sie an einem kühlen Winterabend im Juli vor fast zwei Jahren mit leiser Stimme davon sprach, dass sie sich bald von dieser Erde verabschieden werde. Amai war erschrocken von ihrem Stuhl aufgesprungen und hatte Elias zerbrechliche Hand ergriffen. Mit aller Kraft hatte sie versucht, ihr diese Gedanken auszureden. Elia jedoch hatte ihre Enkelin mit grenzenlosem Mitgefühl betrachtet und sie dann nahe zu sich herangezogen.

»Mein Kind, Leben und Sterben gehören zusammen wie der Tag und die Nacht. Wenn die Zeit gekommen ist, beginnt eine neue Seinsweise. Es gibt viele Welten, die die meisten Menschen nicht wahrnehmen können, die aber trotzdem existieren. Ich freue mich, bald in eine andere

Wirklichkeit einzutreten. Ich war gerne auf dieser Erde und habe glücklich gelebt. Ich bin dankbar, dass ich so lange mit dir zusammen sein und dir mein Wissen weitergeben durfte. Du weißt noch nicht, was du alles in deinen Händen trägst, doch hab keine Sorge, du wirst auf deinem Weg behütet sein. Nimm dich nur in Acht vor Gleichgültigkeit und Gier, sowohl in deinem eigenen Herzen als auch bei anderen. Und, mein geliebtes Kind, lass niemals zu, dass dein Herz von Furcht und Sorge verschlossen wird. Lausche, wann immer möglich, seiner Stimme. Wenn sie doch einmal verstummen sollte, forsche beharrlich nach dem Grund.«

Elia hielt inne und öffnete den Deckel eines silbernen Kästchens, das sie aus den Falten ihres Gewandes gezogen hatte.

»Ich möchte dir das Zeichen geben, das mich mein Leben lang begleitet hat und die Verbindung zu unserer Ahnenfamilie in sich trägt. Amai, Liebstes, bewahre dieses Zeichen als Symbol unserer fortwährenden Verbindung. Auch wenn du mich nicht mehr mit deinen menschlichen Augen siehst, werde ich dir dadurch immer nahe sein. Unter dem Schutz des Zeichens stehst du in der Ahnenreihe unserer Vorfahren, die sich auf den Weg gemacht haben und ihrem Stern gefolgt sind. Deine Suche wird nicht immer leicht sein, da sie für jeden anders ist und ausgetretene Pfade verlassen werden müssen. Auch Zweifel und Ängste werden dir begegnen. Wachse daran, lass neue Fragen zu und gehe immer weiter. Amai, du bist ein Mädchen voller Kraft und Hoffnungen. Du wirst zu einer Frau heranwachsen, die die Liebe zwischen Mann und Frau kennenlernt, und du wirst daran reifen. Mögest du aus deiner Stärke heraus der Welt und ihren immer neuen Gesichtern begegnen. Doch auch du trägst die Sehnsucht nach dem Größeren in dir, wie ich in den vergangenen Jahren bemerkt habe. Dies hat mir unermessliche Freude bereitet, da du eine von uns bist. Sie wird dir keine Ruhe lassen, die große Frage. Sie wird dich suchen und treiben und deinen inneren Frieden erschüttern, um dich zu formen und zu dem zu machen, wozu du geboren wurdest. Jeder Mensch hat seine besondere Aufgabe auf diese Erde mitgebracht und du musst die deine finden und dich ihr ganz anheim geben. Trage das Symbol auf deiner Brust, nahe deinem Herzen, es wird dich führen. Es vereint das Wissen unserer Vorfahren in sich.

Jeder Mensch hat seine eigene Ahnenlinie und wird in eine Reihe von Menschen hineingeboren, die ähnliche Aufgaben erfüllen. Von nun an trägst du unser Wissen weiter, auch wenn du dafür erst deinen eigenen Ausdruck finden musst. Dem persönlichen Weg wirklich zu folgen bedeutet leider manchmal auch, von anderen nicht verstanden zu werden und sich einsam zu fühlen. Dennoch wird da ein Drängen in dir sein, das sich durch die Gewohnheiten des alltäglichen Lebens hindurch unermüdlich einen Weg bahnen wird und dich weitertreibt, hinein in deine tiefste Mitte.

Immer, wenn du das Lied singen wirst, das ich dich gelehrt habe, wirst du nicht alleine sein. Unsichtbare Welten werden sich auftun; und eines Tages, wenn du in der Lage bist, deinen Blick in diese Welten zu richten, wirst du erkennen, dass du die ganze Zeit über begleitet worden bist. Amai, zuletzt möchte ich dir noch sagen, wie wichtig es ist, Vertrauen zu bewahren, auch wenn die Welt über dir zusammenstürzen sollte, denn Vertrauen wird deine Seele aufs Neue den Weg finden lassen, wenn du ihn vielleicht einmal aus den Augen verloren haben solltest. Das Geheimnis des Vertrauens ist es, das dir im Leben immer wieder eine Tür öffnen wird, denn es macht dein Herz weit und führt dich unmittelbar in das innerste Wesen wirklichen Seins.«

Elia nahm eine kristalle Kette mit einem daumenna-gelgroßen, runden Anhänger aus der Schatulle und legte sie ihrer Enkelin um den Hals. Die blauen Steine schimmerten wie klares Wasser.

Wenige Tage, nachdem die Großmutter so zu ihr ge-sprochen hatte, hatte sie ihre Augen für immer geschlossen. An jenem Spätnachmittag saß sie, gestützt von mehreren Kissen, aufrecht im Bett und bewegte lautlos ihre Lippen. Das milchige Winterlicht wärmte ihr liebes Gesicht.

»Nun singe du weiter, Amai«, flüsterte sie nach einer langen Zeit des Schweigens. Ihr Blick ruhte auf der Enke-lin, die es sich auf der Bank am Kamin bequem gemacht hatte: »Trage unser Lied in die Welt. Ich verlasse meinen Körper, doch meine Liebe wird immer bei dir sein.«

Von einer unbekannten Kraft ergriffen stimmte Amai das Lied an, das die Großmutter sie schon vor vielen Jahren gelehrt hatte, in den Worten, die sie nicht verstand, doch mit der Melodie, die ihr so vertraut war. Sie konnte ihre Augen nicht von der alten Frau abwenden, die förmlich leuchtete. Tränen liefen über ihr junges Gesicht, trotzdem sang sie mit klarer Stimme unablässig weiter. Frieden und Ehrfurcht erfüllten das Zimmer. Nach einer langen Weile hatte die Großmutter aufgehört zu atmen. In Achtsamkeit war sie aus dem Leben gegangen und hatte still ihren Kör-per verlassen. Das Angesicht des Todes hatte sich milde ge-zeigt und voller Liebe.

Seither schien Amais Leben eine neue, unbekannte Richtung einschlagen zu wollen. Nachts schlief sie unru-hig, erwachte häufig und erinnerte sich bruchstückhaft an Träume von fremden Menschen und Ländern. Tagsüber sammelte sie fleißig Kräuter, legte sie zum Trocknen aus und verkaufte sie auf dem Markt. Aber wenn sie abends heimkehrte und allein über ihrem Abendessen saß, spürte sie einen zunehmenden Mangel in ihrem Leben. Da war oft ein Drängen in ihrer Brust, das sie zu rufen schien ...

Vor wenigen Tagen war ihr in der nahen Stadt Concepción eine ältere Frau in bunten Röcken begegnet, von der die Stadtmenschen zu erzählen wussten, sie käme aus einem fernen Land, ziehe herum und heile viele Menschen. Diese Frau war zu ihren Körben gekommen, hatte die reiche Auswahl gelobt und einige seltene Heilpflanzen ausgewählt. Als Amai scheu fragte, ob sie ihr einen Rat geben könne, lächelte die Frau unergründlich, und zahllose Fältchen umspielten dabei wie kleine Sonnen ihre braunen Augen. Mit einem fremden, weichen Klang in ihrer Stimme erwiderte sie, für einen Ratschlag sei es noch zu früh, zuerst müsse sie in die Welt hinausgehen, und alles, was sie dafür zu wissen benötige, trage sie schon in ihrem Herzen. Und gäbe es dann noch etwas, was bedeutsam wäre, würde sie es ihr gerne weitergeben.

Amai war erstaunt bei ihren Körben zurückgeblieben, als sich die fremde Frau freundlich grüßend wieder entfernte.

Unter dem funkelnden Sternenhimmel schaute Amai aufs Meer hinaus und strich nachdenklich ein paar Locken aus dem Gesicht, die sich aus ihrem dicken Zopf gelöst hatten. Ihre schlanke, wohlgeformte Gestalt erregte zwar die Aufmerksamkeit der jungen Männer, doch im nahen Dorf war sie trotzdem eine Außenseiterin geblieben, die mit der Großmutter am Waldrand lebte und sich bislang eher selten dem Treiben der Dorfjugend angeschlossen hatte. Ungewollt wirkte sie auf das andere Geschlecht unnahbar, wenngleich ihr Blick offen war und das Lachen ihrer Augen zuweilen mehr verriet als ihr fein geschwungener Mund, den manchmal eine für ihr Alter unerwartete Ernsthaftigkeit überzog.

Amai war verzagt. So allein wie in den vergangenen Monaten hatte sie sich noch nie zuvor gefühlt, auch wenn sich bisweilen ein junger Mann vorsichtig um sie bemühte. Bisher hatte keiner vermocht, ihre Liebe zu gewinnen. Nach vereinzelten Tanzabenden mit fragenden Küssen und zögerlichen Zärtlichkeiten hatte sich Amai immer wieder zurückgezogen. Doch manchmal sehnte sie sich so sehr nach einem vertrauten Menschen, mit dem sie ihre Gefühle teilen konnte, dass es fast schmerzte.

Trotzdem war ihr Leben voller Ereignisse. Die Menschen hatten begonnen, Rat und Hilfe bei ihr zu suchen, ahnten sie doch, dass Amai von der klugen alten Kräuterfrau viele Geheimnisse des Heilens gelernt hatte. So hatten sie auch Zutrauen zu ihrer Enkelin gefasst und Amai gab ihr reiches Pflanzenwissen gerne weiter. Die Großmutter hatte sie gelehrt, Heilkräuter nur zur rechten Zeit und am richtigen Ort zu sammeln und sie immer mit Achtung und Respekt aus der Erde zu bergen. So hatte sie es sich angewöhnt, ein kurzes Zwiegespräch mit den Pflanzen zu führen, ehe sie diese brach oder vorsichtig die knolligen Wurzeln ausgrub, und nie versäumte sie, Mutter Erde für ihre überfließenden Gaben zu danken. Elia betonte immer, alles in der Welt habe seinen eigenen Lebensrhythmus und werde von der gleichermaßen schwingenden Bewegung des Gegenübers entweder angezogen oder abgestoßen. Wenn sie fühle, dass die Kraft einer Pflanze zu einem Körper hingezogen werde, so sei dies die richtige Pflanze für seine Heilung und könne einen aufgetretenen Mangel ausgleichen. Das Leben sei ein Tanz, alles sei in fortwährender Bewegung miteinander verbunden. Wenn irgendwo eine Verbindung abreiße, werde der Fluss der Bewegungen unterbrochen und nach längerem Stillstand könne sich dort eine Krankheit festsetzen.

Der Baum, in dessen Nähe Amai in dieser Nacht saß, war ihr ein treuer Freund geworden. Hier in der Bucht konnte sie bei ihm sitzen und lesen, mit ihm sprechen, an ihm weinen und seine Nähe spüren. Beschützend wie eine Mutter breitete die Araukarie ihre ausladenden Zweige über sie und schenkte ihr seltsamen Trost und Frieden. Zärtlich zeichnete Amai mit ihren Fingern die Furchen nach, die die harte Rinde durchzogen. In dieser Nacht saß sie noch lange unter dem alten Baum und ließ ihren Blick über das Meer schweifen.

›Es ist schon merkwürdig‹, überlegte sie, ›dass ich Gedanken und Empfindungen habe, die wahrscheinlich Tausende, ja Millionen anderer Menschen ähnlich denken und fühlen, dass ich dieselben Worte spreche, die gleichen Wünsche und Ängste habe wie sie. Was wollen wir hier auf dieser Erde zusammen lernen? Und was bedeutet es, wirklich zu sein?‹

So lauschte sie noch lange in die Stille der Nacht hinein. Als der Morgen dämmerte und nur noch wenige Sterne am Himmel funkelten, hatte sie den Entschluss gefasst, in die Welt hinauszugehen, sobald sich die Gelegenheit dazu ergäbe.

Behutsam tastete sie nach dem Anhänger der Großmutter an ihrem Hals, in den ein winziges Zeichen wie eine Art Hieroglyphe eingeritzt war. Wenn sie morgens die hellblau schimmernde Kette um den Hals legte, war ihr, als ob sie einer lieb gewonnenen Freundin begegnete. Die Kette war eine treue Begleiterin in ihrem manchmal so einsamen Leben geworden, auch wenn sich ihr das Geheimnis der kristallenen Steine und des rätselhaften Anhängers erst sehr viel später erschließen sollte.

In den folgenden Wochen nahm sich Amai öfters freie Zeit zum Nachsinnen und Kräftesammeln, zumal es in diesem Herbst mehr als üblich regnete. Sie verstand sich aufs Heilen und gewann darin zunehmend an Sicherheit, trotzdem fühlte sie sich nach ihrem Tagwerk häufig kraftlos und leer. Dann fragte sie sich, ob dies die normale Befindlichkeit einer Heilerin sei oder ob es wohl möglich wäre, sich nach getaner Arbeit trotzdem frisch zu fühlen. Auch gab es Menschen, die ihr ihre Gabe neideten, sich über sie lustig machten oder sie herabwürdigten. So hatte sie gelernt, sich nicht zur Schau zu stellen. Die Zeit verging und sie fühlte sich immer verlorener.

Drei Monate später, als sich langsam das Ende des feuchten Winters im September abzeichnete, entschloss sich Amai endlich, die Hinterlassenschaften der Großmutter zu ordnen, eine unangenehme Aufgabe, die sie vor sich hergeschoben hatte. Schürzen und Kleider in Elias Schrank schnürte sie zu einem Bündel, die Wäsche legte sie sorgsam in eine Schachtel. Sie arbeitete zügig, die Brust schwer von Trauer, als sie plötzlich in einer Schrankecke auf ein Holzkästchen stieß. Unschlüssig drehte sie es in den Händen, bis sie sich endlich entschloss, es zu öffnen. Unter dem mit bunten Intarsien verzierten Deckel entdeckte sie ein gutes Dutzend Briefe. Einen nach dem anderen zog sie aus den verblichenen Umschlägen und erkannte ungläubig die fein geschwungenen, sorgfältig gesetzten Schriftzeichen auf dem vergilbten Briefpapier. Eine Welle vergessener Kindheitserinnerungen überschwemmte sie und Wehmut ergriff ihr Herz. Was sie so unverhofft gefunden hatte, waren die Briefe eines engen Vertrauten ihrer Großmutter, der sie vor vielen Jahren gelegentlich besucht hatte: Meister Dorje. Er hatte Elia geduldig auf Fragen zu Krankheiten und Heilpflanzen geantwortet und sie zu manchen persönlichen Angelegenheiten und Sorgen beraten, mit denen sie sich vertrauensvoll an ihn gewandt hatte. Ein tiefes Verständnis der Welt sprach aus seinen Worten. Ob er wohl noch lebte?

Als sich Amai wenig später die Gelegenheit bot, in den bergigen Süden des Landes zu reisen, zögerte sie nicht lange. Sie verabschiedete sich von den Menschen mit dem Versprechen, wiederzukommen, obwohl sie nicht wusste, wann dies sein würde. Am Morgen der Abreise flocht sie ihre braunen Haare und packte einige Reiseutensilien wie einen regenfesten Mantel in einen ledernen Beutel. Ein letztes Mal sah sie sich in dem Haus ihrer Kindheit um und zog dann hinter sich die Tür zu. Die längste Wegstrecke fuhr sie in einem mit Menschen und Gepäck überladenen Bus. Sie betrachtete die vorbeiziehenden Landschaften. Chile war ein prächtiges Land mit hohen Bergen und Tälern und dem Meer, das sie so liebte. Das Land ihrer Mütter und Väter, in dem unterschiedliche Kulturen gelernt hatten, friedlich miteinander zu leben. Nachdem sie das letzte Stück des Weges im Gefährt eines Bauern zurückgelegt hatte, erreichte sie am frühen Abend das vergessene Dorf, umgeben von Wald und Bergen. Als Kind hatte sie mit der Großmutter ab und zu die beschwerliche Reise unternommen, um Meister Dorje zu besuchen. Hinter einem zerfallenen Kirchlein entdeckte sie den kurvenreichen, steil ansteigenden Pfad und nach einer Stunde zügigen Gehens endete der Weg auf einer Lichtung. Dort stand vor ihr das ehemalige Klostergebäude, das sie früher scherzhaft »die Burg« genannt hatte.

Ein Löwengesicht aus Messing war an der Holzpforte des wuchtigen Gemäuers angebracht; Amai hob den Ring und ließ ihn gegen das Klopfschild fallen.

»Guten Abend! Gewährt mir bitte eine Bleibe zur Nacht! Ich heiße Amai und komme, um Vater Dorje zu besuchen«, antwortete sie auf die Frage einer weiblichen Stimme innerhalb der Mauern.

Das Tor schwang ächzend auf und eine Frau lud sie ein: »Tritt ein, Mädchen, und sei willkommen. Auch vom Abendbrot ist noch etwas übrig.«

Später, unter der Bettdecke des Gastzimmers, dachte Amai an Meister Dorje, der auch ihre eigenen Kinderfragen stets voller Güte beantwortet hatte. Hatte er sie aber mit seinen dunklen Augen nur lange und durchdringend angeschaut, war er ihr bisweilen auch etwas unheimlich gewesen. Dann schien sein Blick durch sie hindurch in weite Ferne zu gleiten. Während der seltenen Besuche hatte er ihr vieles erklärt; sie wiederum hatte begierig zugehört, wenn er und die Großmutter über die Heilkräfte von Pflanzen und Bäumen sprachen. Auch zu Meister Dorje kamen Menschen mit ihren Anliegen und baten um Heilung. Von den Dorfbewohnern am Fuß des Berges waren über ihn wundersame Geschichten erzählt worden, denen sie als Kind staunend gelauscht hatte. Amais Herz war voller Freude, dem einzigen Vertrauten ihrer Vergangenheit wieder zu begegnen.

Die Frau, die ihr bereits am Vorabend die Pforte geöffnet hatte, brachte sie nach dem Frühstück zu Meister Dorjes Arbeitszimmer. Als er auf ihr vorsichtiges Klopfen hin öffnete, stand Amai mit leuchtenden Augen vor ihm.

Dorje betrachtete das Mädchen, das da so erwartungsvoll vor ihm im Morgenlicht stand.

»Meine kleine Amai, wie schön, dass dich dein Weg wieder einmal zu mir führt! Komm herein und nimm mit mir Platz am Kamin. Wie verlief dein Leben in den letzten Jahren?«

Amai setzte sich in einen der großen, abgewetzten Ledersessel am Holzofen, in dem das Feuer warm und freundlich knisterte, und legte sich die Kissen zurecht. Ihre Blicke trafen sich und ruhten einen Moment ineinander. Der weise Mann, der einst aus dem fernen Himalaja in ihr Land gekommen war, hatte sich über die Jahre kaum verändert, schien ohne Alter, das wache Gesicht mit den ausgeprägten

Wangenknochen und der hohen Stirn, das weiße Haar zu einem langen, dünnen Zopf gebunden, die braunen Augen voll tiefer Ruhe; und doch konnten sie unvermutet aufblitzen und förmlich in ihre Seele eintauchen. Manchmal erinnerte er sie an eine reglose Echse auf einem von der Sonne gewärmten Stein.

›Väterchen, wie habe ich dich vermisst!‹, dachte Amai bei sich und berichtete ausführlich vom friedvollen Tod Elias, ihrem Leben mit den Pflanzen, dem merkwürdigen Gespräch mit der Kräuterfrau in der Stadt und von dem Drängen und Ziehen in ihrer Brust, das in den vergangenen Wochen zu einer beständigen inneren Empfindung geworden war, und von den alten Briefen des Meisters in Elias Schrank.

»Und nun bin ich hier!«, schloss sie und fühlte sich nach langer Zeit nicht mehr ganz alleine auf der Welt.

Dorje versank in Schweigen und rieb sich das Kinn. Dann erhob er sich und legte einige Holzscheite ins Feuer.

»Amai«, begann er ernst, »du bist nun kein Kind mehr und hast seit Elias Tod mutig deinen Weg gesucht. Du hast angefangen, die Zeichen zu lesen. Und du bist zu einer jungen Frau herangewachsen, deren Herz ein tiefes Sehnen in sich trägt.«

Er hielt inne und betrachtete das Mädchen im Sessel.

»Ich möchte dir etwas erzählen, was das sorgsam gehütete Geheimnis deiner Großmutter gewesen ist. Bist du dafür bereit?«

Amai nickte überrascht.

»Hast du dich nie gefragt, wo deine Großmutter Elia all ihr Wissen über die Heilkunst erlernt hat? Warum sie den Lauf der Sterne beobachten, die Eigenarten der Pflanzen unterscheiden und auf die Bäume hören konnte? Und vor allem, warum sie die Herzen der Menschen verstehen konnte? All das Ungesagte, Verborgene, zu dem sie Zugang fand, weil die Menschen ihr vertrauten?«

Als Amai ihn so über die Großmutter sprechen hörte, wurde es warm in ihrer Brust. Natürlich hatte sie sich früher manchmal gefragt, warum die Großmutter so vieles wusste, von dem die meisten Menschen noch nicht einmal gehört hatten. Elia hatte auf ihre Fragen zumeist ausweichend geantwortet. Und irgendwann waren das Wissen und die besondere Welt, in der sie mit Elia lebte, für Amai so selbstverständlich geworden, dass sie aufhörte, sich darüber Gedanken zu machen.

Dorje fuhr mit seiner tiefen, bedächtigen Stimme fort: »Ich kannte Elia mehr als dreißig Jahre. Genau wie du kam sie eines Tages zu uns, mit dem Hunger nach Wissen, aber auch, um mehr als die äußere Welt kennenzulernen. Du musst wissen, dies ist kein gewöhnliches Kloster, sondern eine Schule für das wirkliche Leben. Hier leben Frauen und Männer zusammen, was allein schon ungewöhnlich ist. Sie lernen und studieren gemeinsam und widmen sich der Erforschung ihres inneren Wesenskerns. Wir suchen mehr als den äußeren Schein. Wir sind auf der Suche nach dem verborgenen Sinn des Lebens auf dieser Erde. Jeder trägt eine Flamme in seinem Herzen, die es zu bewahren und zu nähren gilt. Obwohl wir eine Zeitlang hier leben und arbeiten, gehen die meisten von uns irgendwann wieder in die Welt hinaus, um dort ihrem persönlichen Weg zu folgen.«

Des Meisters Blick ruhte lange auf dem Mädchen und Amai hielt ihm fragend stand. Im Kamin prasselte das Feuer. Sie ahnte, dass sich ihr Leben bald von Grund auf verändern würde – und es fühlte sich richtig an.

»Möchtest du für eine Weile bei uns bleiben und mit uns lernen?«

Ihr Herz lächelte.

»Ja, Vater Dorje, das möchte ich mit all meiner Kraft. Dies wäre auch Großmutters Wunsch gewesen, aber den Weg hierher musste ich wohl selber finden. Ich wusste nicht, dass auch sie einst auf diesem Berg gelebt hat. Nun ergibt vieles einen Sinn.«

»Dann fühle dich willkommen, Amai. Folge mir jetzt, ich zeige dir dein neues Zuhause.«

Dorje stand auf und Amai staunte, wie mühelos sich der alte Mann aus dem Sessel erhob.

Durch lange Gänge führte sie der Meister ins Innere des Gebäudes. Unterwegs begegneten ihnen Menschen, die sie mit einem freundlichen Nicken grüßten. In einem Hof unter zwei uralten Bäumen befand sich eine Gruppe von Frauen und Männern in weiten, fließenden Gewändern, die Amais Aufmerksamkeit erregte. So etwas hatte sie noch nie gesehen. Jeder in der Gruppe bewegte sich in gleichmäßigem Rhythmus, ohne dass sie einander berührten. Alles geschah in absoluter Stille. Es waren schlichte, gesammelte Bewegungen, auch wenn Arme, Beine und Kopf manchmal etwas gänzlich Entgegengesetztes ausführten, ein lautloser, anmutiger Tanz. Die Tanzenden schienen ganz bei sich und gleichzeitig in völliger Harmonie mit den übrigen Tänzern. Als Amai sich an Vater Dorje erinnerte und sich zu ihm wandte, lächelte er.

»Der Körper ist die Wohnstatt für Gefühl, Geist und Bewusstsein. Fließt die Energie in unserem Körper harmonisch, dann gelingen auch innere Sammlung und Konzentration leichter.«

Amai bemerkte andere Menschen im Hof, die, jeder für sich, besondere Haltungen eingenommen hatten. In der Mitte des Platzes sprudelte Wasser aus einem mit Efeu überwucherten Brunnen. Mit einer sachten Handbewegung bedeutete ihr Vater Dorje, ihm zu folgen, und sie betraten durch eine bogenförmige, hohe Tür eine Bibliothek, in der Frauen und Männer über Büchern saßen.

Eine der Frauen sprang auf, als sie die Eintretenden erkannte, und näherte sich ihnen voller Erstaunen mit offenen Armen.

»Wie ich mich freue, dich endlich wiederzusehen, Amai! Wir sind uns begegnet, als du acht Jahre alt warst. Ich war eine Zeitlang Gast in eurem Haus. Erinnerst du dich? Mein Name ist Raquel.«

Amais Augen weiteten sich vor Überraschung. Natürlich erinnerte sie sich an die jüngere Freundin der Großmutter, der sich Elia zeitlebens so herzlich verbunden gefühlt hatte! Also lebte auch sie in dieser Gemeinschaft von Suchenden! Raquel schloss Amai in die Arme.

Vater Dorje überließ Amai Raquels Obhut. Die beiden Frauen verließen die Bibliothek und stiegen lachend und schwatzend die knarrenden Treppen zu den oberen Stockwerken hinauf. Am Ende eines Ganges öffnete Raquel eine Tür und zeigte Amai ein freies Zimmer. Es war einfach, aber liebevoll eingerichtet. Der Raum hatte zwei Fenster und war auch an diesem Wintertag einladend hell. Über das Bett war eine dicke, bunte Wolldecke gebreitet. Ein Holzschrank mit einem ovalen Spiegel stand an der rechten Wand und ein alter, blattloser Kastanienbaum schaute neugierig durch das Fenster.

»Hier werde ich mich zuhause fühlen, Raquel!«

Danach geleitete Raquel sie durchs Haus und führte sie ein in die Regeln des Zusammenlebens der rund achtzig Menschen, die sich hier in der Verborgenheit zusammengefunden hatten.

Amai wuchs langsam in das Leben der Schule hinein und gewöhnte sich an ihren neuen Tagesablauf. Weil sie eine

Pflanzenkundige war, wurde ihr aufgetragen, Wurzeln und Kräuter für Heilzwecke zu sammeln. Sie liebte es, den dichten, sattgrünen Bergwald und seine für sie noch unbekannten Pflanzen zu erforschen. Im Morgengrauen stand sie auf, wusch sich und schlüpfte in warme Kleidung. Danach begab sie sich zum Kristallraum, in dem sich die Bewohner der Schule frühmorgens in Stille zusammenfanden. In der Mitte des Raums lag ein riesiger, durchsichtiger Bergkristall, von dem es hieß, er unterstütze die Menschen dabei, sich nach innen auszurichten und in der Tiefe der Seele ruhig zu werden. Im Kristallraum konnte jeder kommen und gehen, wie es nötig war. Alles geschah leise und mit Bedacht. Manche hatten beim Sitzen die Augen offen, andere hielten sie geschlossen. Anfangs fiel es Amai nicht leicht, einfach schweigend zu sitzen. Besonders, wenn sie sich vorgenommen hatte, nichts zu denken, schossen Millionen von Gedanken durch ihren Kopf. Fragen, Gesichter und Träume tauchten auf, als wenn sie gerade eben in diesem Augenblick beschlossen hätten, unerhört wichtig zu werden. Sie merkte, dass es ihr wesentlich leichter fiel, loszulassen und sich zu entspannen, wenn der Meister anwesend war. Er war immer vollkommen gesammelt und es schien, als würde durch ihn hindurch die Durchlässigkeit des Kristalls in den Raum hineingetragen. Eine Kraft ging von ihm aus.

Während einer solchen Stille, bei der sie wieder einmal von endlosen Gedanken zermürbt wurde, hörte sie plötzlich eine innere Stimme: »Quäle dich nicht weiter, Amai. Alles ist gut – so, wie es ist.«

Dann weitete sich ihr Geist und wurde leicht wie eine Feder. Ein anderes Mal empfand sie verwundert eine Art Aufforderung, ihre eigene Größe anzuerkennen. Solche Wahrnehmungen verwirrten sie. Was mochten sie bedeuten? Woher kamen sie?

Nach und nach sprach Meister Dorje zu ihr von etwas, was er das Herz der Suche nannte – die wahre Natur des Menschen. An einem Frühlingsmorgen ergab sich ein besonders eindrückliches Gespräch im Garten. Amai war gerade dabei, ein neues Kräuterbeet anzulegen, als Vater Dorje zu ihr trat und sie zu einem Spaziergang einlud.

»Mein ganzes Leben ist so eng mit dem Lied Elias verknüpft, Meister, und nun treffe ich auch hier in der Schule so unverhofft wieder darauf. Was ist seine tiefere Bedeutung, die heilende Kraft, die förmlich von ihm auszugehen scheint?« fragte sie, nachdem sie eine Weile schweigend gegangen waren.

»Das Lied, das du von Elia gelernt hast, stammt aus dem innersten Zyklus der Lehren. Wir nennen es das Lied des Diamanten, das Kristalllied. Es trägt die vollständige Essenz der Suche in sich. Unser Weg wird der Weg der großen Vollkommenheit genannt. Es ist ein Weg, auf dem ein Mensch erfährt, dass er bereits ganz und gar vollständig ist. Wenn er nur für einen Moment in seine wahre Natur eintaucht, entsteht im Menschen eine Ahnung, die sich langsam zur Gewissheit entwickelt, je öfter und länger er darin verweilt.«

Dorje streichelte zärtlich eine weiße Blüte und fuhr dann fort: »Mein Lehrer sagte einmal zu mir, wenn ich den Geschmack von Zimt kenne, ist er anderen, denen Zimt auch vertraut ist, leicht zu beschreiben. Doch wenn jemand Zimt noch nie gekostet hat, ist es kaum möglich, seinen Geschmack einer anderen Person nur mit Worten zu vermitteln. Kannst du mir folgen?«

Amai nickte.

»Ein Mensch, der in seinem wahren Sein ruht, kann uns in die wahre Natur einführen. Unsere ursprüngliche Natur ist weder ein Gedanke noch ein Gefühl. Die Erfahrung von Glückseligkeit, innere Wahrnehmungen, plötzliche Einsichten oder die Entwicklung besonderer Fähigkeiten darfst du nicht mit deiner wahren Natur verwechseln. Solche Erfahrungen begleiten den Suchenden, sollten aber nicht absichtlich hervorgerufen werden, weil sie dadurch ein Hindernis für die innere Entwicklung werden könnten. Amai, wenn es geschieht, dass ein Mensch sein wirkliches Wesen erfährt, ist dies nicht aufregend oder voll schöner Gefühle, sondern vielmehr still und leise, nahezu innig, sodass der Geschmack der ursprünglichen Natur leicht übersehen werden kann. Die wahre Natur des Menschen ist reines Gewahrsein, reine Bewusstheit. Unser menschliches Ich umhüllt sie. Mit seinen Vorlieben und Ängsten, mit Begabungen und Schwierigkeiten, Amai, bekleidet das Ich die strahlende Nacktheit unseres wirklichen Seins. Reines Bewusstsein wird auf dieser Erde im Kleid unseres Ichs im Körper erfahrbar; wird das Kleid durch unsere wahre Natur belebt, erstrahlt es in seiner ursprünglichen Schönheit. Ein solcher Mensch leuchtet von innen heraus.«

Der Meister zeigte auf die Blumen und Bäume im Garten.

»Es gibt die Grundgestimmtheit eines Tages, eines Menschen und sogar eines Organs. Alles, was existiert, besteht aus Klang, Licht und Schwingung. Klang baut auf oder zerstört. Gefühle und Gedanken haben ihre eigene Schwingung – sie beflügeln oder verwirren den Menschen. Der mächtige Klang der Liebe schafft einen bejahenden, heilenden Lebensraum im menschlichen Körper und weit darüber hinaus. Der Körper ist, einem Musikinstrument vergleichbar, ebenso ein Klangraum. Jede einzelne Silbe des Kristalllieds öffnet in uns wie ein Schlüssel einen Raum und geleitet uns immer tiefer in das Herz des Seins.«

Nachdem er so gesprochen hatte, schaute Dorje sie an, lange und durchdringend. In seinem Blick lag ein Hauch

Fremdheit. Amai schien er gleichzeitig nahe und trotzdem fern.

Das Lied begleitete sie jeden Tag. Sie mühte sich darin, ihre Gefühle und Gedanken zu beobachten. Neuerdings fühlte sie sich hin und wieder unglücklich und verloren. Weilte sie längere Zeit in der Nähe des Meisters, konnte es geschehen, dass sich die anfängliche Klarheit ihres Geistes geradezu in das Gegenteil verkehrte. Dann entstand in ihrem Kopf eine wahre Flut von schwarzen Gedanken und Ängsten, derer sie sich schämte. Amai versuchte, diese Gefühle von Angst, Wut und manchmal sogar Hass zu verstehen. Dennoch ließen sie sich nicht verscheuchen. Grundlos schienen sie da zu sein, seit langer, langer Zeit. Wenn sie meinte, solche beschämenden Gefühle endlich hinter sich gelassen zu haben, tauchten sie plötzlich wie versteckte Geister wieder auf und hinterließen einen inneren Scherbenhaufen.

Traurig über ihre Unfähigkeit, in sich Stille und Klarheit zu bewahren, vertraute sie sich schließlich Raquel an. Verlegen erzählte sie ihr auf einem Waldspaziergang von ihren Sorgen.

»Amai, unter dem Blick eines wahren Meisters wird auch das tief in uns Verborgene sichtbar«, antwortete Raquel, nachdem Amai geendet hatte. »In der Gegenwart verwirklichter Menschen kommt alles an die Oberfläche, die größte Sehnsucht ebenso wie die größten Ängste. Im Licht des Meisters werden die Ecken und Kanten in uns sichtbar. Unser Inneres spiegelt sich in der Klarheit seines Bewusstseins. Versuche nur zu beobachten, Amai. Erkenne den Aufruhr in deinem Inneren an. Verurteile nichts. Alles darf da sein.«

»Und ich dachte schon, ich befände mich auf einem völlig falschen Weg oder wäre nicht dazu in der Lage, es euch gleich zu tun!«, gestand Amai erleichtert.

Die Ältere schüttelte den Kopf. »Du kennst nicht die Schwierigkeiten der anderen. Jeder stolpert auf der Suche über unerwartete Hindernisse. Verliere niemals dein Vertrauen, dann führt dich der Weg immer weiter!«

Raquels Rat brachte die letzten Worte der Großmutter wieder in ihr zum Klingen, die ähnlich über die Kraft des Vertrauens gesprochen hatte.

Amai lebte gerne in der Gemeinschaft der Suchenden. Sie hatte mit einigen Frauen Freundschaft geschlossen und lauschte aufmerksam, wenn die Menschen von sich erzählten. Die Welt der Männer war ihr bislang, mit wenigen Ausnahmen, eher fremd geblieben, nachdem sie ohne Vater und in Abgeschiedenheit mit der Großmutter aufgewachsen war. Gelegentlich spürte sie einen neugierigen oder interessierten Blick eines Bewohners der Schule auf sich ruhen.

Ihr Körper war in den vergangenen Jahren erblüht. Es kam vor, dass sie früh erwachte, weil sich eine eigenartige Erregung in ihrem Unterleib ausgebreitet hatte, die ihr Wohlbehagen bereitete. Wenn sie abends ihre Kleider ablegte, erkundete sie manchmal ihren nackten Körper, seine Formen und seine Weichheit, entlang des Oberkörpers hinunter zum Bauch, über die schmalen Hüften zu den sehnigen langen Beinen. Mit ihren Fingern liebkoste sie ihre festen kleinen Brüste. Amai gefiel es, ihren Körper zu berühren. Vor dem Spiegel drehte sie sich hin und her, betrachtete ihren Nacken und Rücken und musste unwillkürlich lächeln, wenn ihr Blick dann weiter nach unten wanderte. Sie mochte ihren Körper, auch wenn sie die Empfindungen, die er bisweilen hervorbrachte, verunsicherten. Dahinter lag eine ihr noch unbekannte Welt verborgen. In solchen Momenten hatte sie Sehnsucht nach einem Gefährten, den sie mit ihrer ganzen Kraft würde lieben können.

Nach einigen Monaten fühlte sich Amai in der Schule immer mehr zuhause. Die endlosen Fragen, die sie der Großmutter seit Kindesbeinen gestellt hatte, hatten sie auch auf den Berg geführt. Warum war sie auf der Erde? Was war der Sinn dieses Lebens? Das Sehnen in ihrem Herzen war wie die stille Glut im Holzofen der Küche immer vorhanden und konnte sich unvermittelt in lodernde Flammen verwandeln, auch wenn sie das, was Meister Dorje die wahre Natur des Menschen nannte, noch nicht erkannt hatte.

»Keine Sorge, es geschieht eines Tages einfach«, hatte Raquel einmal zu ihr gesagt.

Anfangs schien jede erhebende Erfahrung, die sie mit ihrem Gefühl oder Geist durchlebte, erstaunlich und wunderbar.

›Endlich habe ich es!‹, glaubte sie dann, nur um nach einer Weile festzustellen, dass die Suche immer weiterging. Erfahrungen verblassten, neue entstanden. Festhalten und Wiederholen-Wollen von besonders beglückenden Erfahrungen verhinderten das Durchschreiten der nächsten inneren Pforte. Amai erinnerte sich noch gut daran, dass sie schon als Mädchen Momente überaus klarer Bewusstheit erlebt und auch damals wiederholt gedacht hatte: ›Genau das ist es. Das ist Gott!‹

Dabei hatte sie angenommen, dass dieser weite, glückselige Zustand in ihr von nun an fortbestünde, um einige Zeit später enttäuscht zu bemerken, dass sie sich wieder mitten im Alltagsleben mit all seinen Nöten und Wünschen befand.

Der Meister wurde nicht müde, seine Schüler mit unerschöpflicher Geduld und Nachsicht zu ermahnen: »Auf dem Weg ist es unerlässlich, unterschiedliche Erfahrungen in den drei Existenzbereichen von Körper, Gefühl und Geist zu machen. Lasst euch aber nie dazu verleiten, an diesen

Erfahrungen hängen zu bleiben. Auch wenn es der glücklichste oder schrecklichste Moment eures Lebens wäre: Es ist nur eine Erfahrung, nicht eure wahre Natur. Bleibt nicht im Zustand der Erfahrung stecken und glaubt, ihr befändet euch schon im Zustand wahren Seins. Erst wenn ihr in das Herz aller Erfahrungen vorgedrungen seid, werdet ihr verstehen, dass der ursprüngliche Zustand reinen Gewahrseins alles – auch jede einzelne Erfahrung – durchdringt. Dann fällt der Schleier der Illusion und ihr werdet erkennen, dass alles untrennbar miteinander verbunden ist.«

Der Meister selbst war einfach da, heiter, wohlwollend und voller Mitgefühl, gütige Großmutter und weiser König in einem. Amai vertraute ihm grenzenlos.

An einem Spätsommertag im März erwachte sie mit dem Lied auf ihren Lippen. Es war Elias Geburtstag und auch für Amai war es ein besonderer Tag. Zusammen mit Raquel sollte sie auf die andere Seite des Berges wandern, um eine Einsiedlerin zu besuchen. Auf Anraten des Meisters sollte sie eine Zeitlang bei ihr wohnen und Unterweisungen erhalten. Der steile Aufstieg zu den Höhlen war beschwerlich und würde mitsamt Gepäck den ganzen Tag dauern, trotzdem freute sich Amai auf den Besuch. Meister Dorje verabschiedete die Frauen in seinem Arbeitszimmer mit einem festen Händedruck.

»Möge euer Weg behütet sein und deine Zeit auf dem Berg reich an Erfahrungen, Amai!«, sagte er und überreichte ihr ein verschnürtes Bündel für die Einsiedlerin. Die beiden Frauen machten sich auf den Weg und freuten sich unterwegs an den Schönheiten der Bergwelt, dem Vogelgezwitscher und dem Anblick der Wälder, die schon von herbstlich bunten Farben durchwebt wurden. Sie schritten zügig voran, um vor Einbruch der Dunkelheit die Höhlen zu erreichen. Als Amai in der Ferne die kleine Einsiedelei, die wie ein Krähennest am Berghang hing, erspähte, fragte sie sich, ob es ihr wohl gelänge, dauerhaft an einem solch abgeschiedenen Ort zu leben. Diese Frau musste ein mutiges Herz haben, dessen war sie gewiss.

Schon bald hatte sie in der Schule bemerkt, dass einzelne Schüler für längere Zeit fehlten. Es gab Übungen, die Zurückgezogenheit erforderten, für andere Aufgaben hingegen wurde man in die Welt hinausgeschickt. Manche der Schüler kamen rasch zurück, manche kehrten nicht mehr oder vielleicht erst sehr viel später wieder.

Der Pfad wurde schmaler, je höher sie stiegen. Sie überquerten eine schwankende Hängebrücke über einer Schlucht, doch der letzte Anstieg war der schwierigste. Endlich erreichten sie schwitzend und erschöpft die steinerne Hütte. Eine Rauchsäule stieg aus dem Kamin. Raquel klopfte und die niedrige Holztür öffnete sich quietschend. Eine sehr alte, zerbrechlich wirkende Frau in einem dunkelroten Wickelkleid stand vor ihnen.

»Seid willkommen, ich habe schon auf euch gewartet. Ich bin Ayu Lhundrub. Bitte tretet ein und setzt euch, ihr seid sicher hungrig.«

Ayu Lhundrub warf den dunkelgrauen, geflochtenen Zopf, der ihr bis hinunter zu den Kniekehlen reichte, über die Schulter und schöpfte eine dampfende Gemüsesuppe in drei Teller. Trotz ihrer Müdigkeit betrachtete Amai die alte Frau verstohlen, deren blasse Haut erahnen ließ, dass sie wohl die meiste Zeit im Haus zubrachte. Die Hütte war einfach eingerichtet, ein Tisch, eine Bank, ein Stuhl, der Ofen mit den Töpfen, Küchengeräten und dem darüber baumelnden Wasserkessel. Auf einem Eckregal befand sich ein winziger Schrein mit Kerze, Räucherwerk und dem Bildnis eines würdevollen Mannes. Was sie nicht bemerkte, war, dass auch Lhundrubs wache Augen sie immer wieder eindringlich musterten. Die Meisterin runzelte die Stirn und beugte sich tiefer über ihren Teller, als sie erkannte, dass es Amai auf ihrer Suche nicht immer leicht haben würde.

Raquel hatte Amai beim Aufstieg erzählt, dass die Einsiedlerin als junge verheiratete Frau schwer erkrankte und von den Angehörigen zu Vater Dorjes Meister gebracht worden war. Durch die Begegnung mit dem verwirklichten Meister wurde sie zu einer Suchenden, die Jahr um Jahr in abgeschiedenen Bergen und Höhlen lebte, bis sie aufgrund von Kriegswirren und Zerstörung sowie der Weisung des Meisters ihre Heimat Tibet verließ. In der Schule ging das Gerücht, dass sie über außergewöhnliche Kräfte verfüge und um die Gedanken anderer Menschen oder um vergangene und zukünftige Ereignisse wie die Todesstunde der Menschen wisse. Im fortgeschrittenen Alter hatte sie sich auf Bitten Meister Dorjes eine Tageswanderung entfernt von der Schule in die Hütte auf dem Berg zurückgezogen, um ihren Schülern nahe zu sein. Niemand kannte ihr genaues Alter, doch hieß es, sie sei einhundertundzwölf Jahre alt.

Nach dem Abendessen saßen die Frauen auf der Bank vor dem Haus und betrachteten den Abendhimmel. Das Laub der Bäume an den unteren Berghängen leuchtete rotgolden im Licht des Sonnenuntergangs.

Lhundrub richtete den Ankömmlingen vor dem Holzofen ein Nachtlager aus Strohsäcken und Wolldecken. Danach wurde es still in der Hütte.

Im Morgengrauen wurde Amai von einer rauen, tiefen Stimme geweckt. Es war Lhundrub, die in ihrer Kammer das Kristalllied sang. Amai lauschte der vertrauten Melodie und dachte voller Sehnsucht an die Großmutter. Nach dem Frühstück überreichte sie der Meisterin das mitgebrachte

Päckchen, das diese dankend in die Falten ihres Gewandes steckte. Die Frauen umarmten sich und Raquel trat den Heimweg an.

In den folgenden Wochen half Amai der alten Frau, neben der Hütte Holz für den Winter aufzuschichten, Wurzeln im Wald auszugraben und Beeren zu sammeln, die sie hinter dem Haus trockneten. All dies würde in der kalten Zeit das Überleben sichern, auch wenn die Winter auf den Bergen des Landes zumeist erträglich waren. Die Einsiedlerin und ihre Schülerin sprachen tagelang oft nur das Nötigste miteinander. Die Stille der Berge und das Schweigen der Natur drangen immer tiefer in Amai. Anfangs fehlte ihr der Austausch mit Raquel und den anderen Frauen. Die gemeinsamen Übungen, die in der Schule zum Tagesablauf gehörten, konnte sie auf dem Berg nur bedingt ausführen. Manchmal fühlte sich Amai im Stich gelassen. Dann ertrug sie nur schwer den ernsten Blick der Meisterin und fragte sich, ob sie vielleicht nicht ihren Erwartungen genügte.

Ehe der Winter angebrochen war, hatte Ayu Lhundrub häufig auf der Bank vor der Hütte gesessen und mit offenen Augen reglos in den Himmel geschaut. Als es draußen immer weniger zu tun gab, schickte sie Amai zum Wohnen in eine oberhalb der Hütte im Berg gelegene karge Höhle. Die Mahlzeiten bereiteten sie weiterhin gemeinsam zu. Dazwischen widmeten sich die Frauen ihren Übungen. Amai beobachtete, dass Lhundrub in den kalten Wintermonaten mit gelegentlichen Schneefällen kaum das Haus verließ und sogar die Fenster der Hütte abgedunkelt hatte. Sie lebte auf selbstverständlichste Weise im Dunkeln und fand sich dort erstaunlich gut zurecht. Amai vermutete, dass dies die fortgeschrittene Übung jener geheimnisvollen Fähigkeit war, die das ›Klare Licht‹ genannt wurde. Ein solcher Mensch lebte im leuchtenden Gewahrsein seiner wahren Natur, die keine äußere Lichtquelle von Sonne, Mond oder Sternenlicht mehr benötigte.

Amai hingegen mühte sich weiter, in ihrem Inneren still zu werden. Doch obwohl sie in der Höhle völlig ungestört lebte, gelang ihr dies nur selten. An manchen Wintertagen stiegen in ihr Gefühle hoch, die sie erschreckten. Solche dunklen Ängste hatte sie früher nie gekannt, selbst als die Großmutter gestorben und sie im Haus am Wald allein geblieben war. Manchmal meinte sie, es sei die Angst, von Ayu Lhundrub abgelehnt zu werden und die in sie gesetzten Erwartungen nicht erfüllen zu können. Aber dann breitete sich die Angst immer weiter aus und schien sie vernichten zu wollen, so, als hätte sie keine Daseinsberechtigung auf dieser Erde. Eingehüllt in ein dickes Schaffell saß sie stundenlang aufrecht in der Höhle und versuchte ohne Urteil anzuschauen, was aus den Tiefen ihrer Seele aufstieg. An manchen Tagen fühlte sie sich schrecklich einsam. Bei ihren morgendlichen Atemübungen lernte sie, den Atem durch beständiges Üben immer länger im Unterbauch zu bewahren. Dadurch schienen sich wenigstens ihre Gedanken langsam zu beruhigen. Wenn die Knochen vom langen Sitzen allzu sehr schmerzten, lockerte sie Arme und Beine und streckte ihren Rücken in alle Richtungen.

Als sie einmal überraschend in die Hütte hinuntergehen musste, weil das Lampenöl ausgegangen war, sah sie durch den Türspalt erstaunt, dass auch Lhundrub trotz ihres hohen Alters im spärlichen Dämmerlicht ihrer Kammer ganz ähnliche Bewegungen ausführte. Noch nie hatte sie einen so betagten Menschen vergleichbare Übungen machen sehen.

Immer wieder fragte sich Amai insgeheim, was Ayu Lhundrub wohl über sie denken mochte. Auch wenn die alte Meisterin nicht unfreundlich zu ihr war, hatte sie bisher noch keine einzige Unterweisung und auch keinen Ratschlag von ihr erhalten. Manches, was sie bei der Meisterin sah, schien ihr so einfach, dass sie sich nur schwer vorstellen konnte, wie man dadurch Fortschritte auf dem Weg machen konnte. Half sie Lhundrub hingegen, Kräuterpillen gegen Krankheiten oder zur Unterstützung innerer Übungen herzustellen, staunte sie über ihr nahezu unerschöpfliches Wissen. Sie schien die Natur geradezu zu erspüren, wenn sie mit ihren zartgliedrigen Händen einen Baum oder eine Wurzel umfasste oder ein Stück Rinde vom Stamm ablöste. Alles, was Lhundrub tat, tat sie langsam und behutsam. Niemals sah sie die alte Frau in Hast oder Eile. Eine stille Kraft und Anwesenheit lagen im Raum, wenn Ayu Lhundrub sich darin befand.

In der Natur waren schon vorsichtige Anzeichen des aufkeimenden Frühlings sichtbar, als Lhundrub eines Abends nach dem Essen in der winzigen Küche völlig unerwartet ein Gespräch begann.

»Bist du dem, was du suchst, näher gekommen, Amai?«

Verlegen schüttelte Amai den Kopf. Ayu Lhundrub holte eine Schachtel Streichhölzer aus einer Tasche ihres Gewandes und zündete eine Kerze an.

»Amai, wir Menschen haben alle ähnliche Ängste. Du hast eine tiefe Angst, nicht gewollt zu sein, abgelehnt und verlassen zu werden.«

Amai war es, als hätte Lhundrub mit dieser einen Bemerkung auf den Grund ihrer Seele geblickt. Von irgendwoher wehte ein scharfer Luftzug. Im Zimmer war es still, nur der Wecker tickte auf dem Regal. Amai wandte sich der Meisterin zu, Tränen standen in ihren Augen.

»Die Angst ist wie eine unsichtbare Hautschicht, die sich um dich herum gelegt hat. Ich kann sie sehen. Du musst noch sehr jung gewesen sein, als sie entstand. Nach und nach hast du Schutzmauern aufgebaut, die nicht mehr zulassen, dass du von ihr überwältigt wirst. Doch dadurch bleiben dir wichtige Erfahrungen verwehrt. Diese Angst hindert dich auch daran, in deine wahre Natur einzutauchen. Indem du damit beschäftigt bist, sie abzuwehren, gibst du ihr von deiner Kraft und nährst sie. Doch die Wirklichkeit ist anders. Alles hat darin seinen Platz. Wenn du diese unkontrollierbare Angst in der Höhle nicht manchmal erfahren hättest, würdest du nicht verstehen, wovon ich spreche.«

Lhundrub zog einen fingernagelgroßen Spiegel aus den Falten ihres Kleides und legte ihn Amai in die Hand.

»Schau in diesen Spiegel. Er ist ein Symbol für das Heiligste in uns, für den ursprünglichen unzerstörbaren Seinszustand. Er spiegelt alles ohne Urteil.«

Als Amai in das runde Spiegelchen schaute, erinnerte sie sich an einen merkwürdigen Traum, den sie wenige Monate vor ihrer Begegnung mit Meister Dorje hatte. Sie träumte, sie müsse wählen – zwischen einem Bild ihrer selbst auf einer verblichenen Fotografie oder einem Spiegel, aus dem heraus sie sich anblickte. Im Traum wählte sie ihr Ebenbild im Spiegel.

In den folgenden Wochen setzte Amai in der Höhle ihre Übungen fort. Seit jenem Abend, an dem Lhundrub zu ihr gesprochen hatte, hatte sie begriffen, dass sie an diesem Ort niemals verlassen war. Wenn sich die formlose Angst wieder in ihr ausbreitete, rang sie darum, sie nicht mehr abzuwehren, sondern auszuhalten. In ihrem Geist stiegen unscharfe Bilder aus der Kindheit auf. Woher stammte nur all die Angst in ihr?

An einem nicht enden wollenden Tag, an dem der Berg in dichten Nebel gehüllt war, konnte sie wieder einmal keine Stille finden. Ihr Innerstes war aufgewühlt wie der Ozean in einem tobenden Sturm. Amai war erschrocken und hilflos. Schwarze Gedanken überfluteten sie derart, dass sie sogar Lhundrub Unglück wünschte und die zähe Alte zu hassen begann, als sich aus der Tiefe ein Lachen erhob.

Es schien Lhundrubs Stimme, die zu ihr sprach: »Wenn ein Mensch diese Verzweiflung nicht bis zum Ende erfährt, hört sein Ich nicht auf, zu glauben, dass es irgendetwas aus eigener Kraft erreichen kann.«

Hoffnungslos verkroch sich Amai unter dem Schaffell.

Doch nach und nach fühlte sie sich wie von einer unsichtbaren Kraft aus dem Sog der Verzweiflung herausgezogen. Was geschah da mit ihr? Erschöpft schloss sie die Augen und ließ sich treiben. In einer Art Wachtraum sah sie sich hoch oben auf einem Berg stehen, dem Wind zugewandt. Die Sonne schien hell und sie gab sich ihren wärmenden Strahlen und der sanften Brise hin. Abermals hörte sie eine Stimme: »Werde in deinem Bewusstsein wie ein Vogel, Amai, frei und unbegrenzt. Lerne fliegen!« – und in ihrem Herzen breitete sich eine unerschütterliche Gewissheit aus, getragen zu werden. Darüber schlief sie ein und die Nacht breitete sich über den Berg.

Am nächsten Morgen klopfte sie an Lhundrubs Tür.

»Komm nur herein, Mädchen«, begrüßte sie Amai und ihre Augen funkelten. »Wie war dein Flug heute Nacht? Hattest du eine gute Reise?«

Amai schluckte. Sie wusste nicht, wie sie ihrer Dankbarkeit Ausdruck verleihen konnte, aber sie war gewiss, dass Ayu Lhundrub auch dies wusste.

Ihre Zeit bei der Meisterin neigte sich dem Ende zu. An einem warmen Frühlingsnachmittag im Oktober gab ihr Lhundrub auf der Bank vor dem Haus eine letzte Unterweisung. Amai folgte mit ungeteilter Aufmerksamkeit den kostbaren Erklärungen der alten Frau.

»Warum muss die wahre Natur des Menschen erst entdeckt werden, Lhundrub?«, fragte sie, etwas unsicher, wie sie die Frage am besten formulieren sollte.

Die Einsiedlerin nahm einen Schluck Kräutertee aus ihrer Tasse.

»Ein Neugeborenes lebt aus dem Kern seiner wahren Natur heraus, vermag aber nicht selbständig in der Welt zu existieren. Nach und nach entwickeln sich durch unzählige Berührungen mit der äußeren Welt um diesen Kern herum Schichten von vorherrschenden Gedanken und Gefühlen, die wir die Persönlichkeit, das ›Ich‹ eines Menschen nennen. Das ›Ich‹ entsteht aus oft wiederholten, erlernten Antworten auf die nahe Umwelt und ermöglicht das Überleben des Kindes darin. Im Lauf des Lebens erliegen wir jedoch dem Irrtum, dass wir diese gelernten Gefühle und Gedanken *sind,* die sich wie Zwiebelschalen um den Kern herum gelegt haben.«

Lhundrub strich die Krümel eines Kekses von ihrem roten Gewand und schlug die weiten Ärmel zurück.

»Wird das Baby von der Mutter genährt, beschützt und geliebt, wird es tiefes Vertrauen entwickeln. Es empfindet im Zusammensein mit der Mutter Glück. Später versuchen die Menschen in Liebesbeziehungen wieder so ein Verschmelzen wie einst mit der Mutter herzustellen, weil sie als Kinder gelernt haben, dass nur ein Gegenüber in uns so ein wunderbares Gefühl hervorrufen könne. Doch die Suche nach dem verlorenen Paradies der verschmelzenden Liebe endet nach dem ersten Verliebtsein oft mit Enttäuschung. Verstehst du, Amai?«

»Ich glaube, ja.«, nickte sie, »Ist es so, dass wir diesen fehlenden Teil nur in uns selber finden können?«

»Das ist das Geheimnis«, entgegnete die Einsiedlerin zufrieden. »Alles ist bereits vollständig in unserem Wesenskern vorhanden. Dieses liebende Einssein ist eine der Eigenschaften unserer wahren Natur. Komm, lass uns zusammen das Kristalllied singen.«

In dieser letzten Nacht hatte Amai einen überaus klaren Traum, der sich zweimal wiederholte. Sie befand sich auf einem hohen Gebäude aus vielen aufgeschichteten Steinen. Rundherum führten Treppen zur Spitze hinauf. Tief beeindruckt von der Gleichmäßigkeit des Bauwerks setzte sie sich oben mit überkreuzten Beinen nieder. Voller Klarheit beobachtete sie den Strom von Gedanken, der durch ihren Geist zog, als sie plötzlich viele ähnliche Gebäude in einem fremdartigen Land sah. Als sie erwachte, war das Bild des ungewöhnlichen Gebäudes aus Stein weiter in ihr lebendig und sie fragte sich, ob womöglich auf der Erde solch ein Bauwerk tatsächlich existierte.

Nach dem Frühstück trat Ayu Lhundrub zu ihr und legte ihr den winzigen Spiegel in die Hand.

»Das ist mein Abschiedsgeschenk für dich, Amai. Wir sind in unserem innersten Wesenskern nicht getrennt voneinander. Wir haben die gleiche Natur und dieser Spiegel ist ein Symbol dafür. Ich danke dir für deine Hilfe in den kalten Wintermonaten. Sie war mir sehr wertvoll. Nun mach dich auf den Weg und grüße Vater Dorje von mir. Sage ihm, dass es uns gut zusammen ergangen ist. Ich habe diesen Brief für ihn geschrieben«, sagte sie und überreichte Amai einen Umschlag.«

Lhundrub küsste Amai auf die Wangen, strich ihr über den Kopf und murmelte einen Segenswunsch für sie.

Amai folgte dem schmalen Pfad den Berg hinunter, bis sie die Wälder erreichte. Überall sprossen frische grüne Blätter an den Bäumen, die Luft schmeckte satt und würzig und die ersten Sonnenstrahlen durchdrangen den Morgennebel. Wie sie sich darauf freute, Vater Dorje wiederzusehen!

Auf einer prachtvollen Bergwiese pflückte sie einen bunten Strauß Blumen für Raquel. Als sie spätnachmittags die Dächer der Schule erblickte, schlug ihr Herz in freudiger Erwartung schneller und sie beschleunigte ihre Schritte. Jener Tag vor nun mehr als einem Jahr kam ihr in den Sinn, als sie ratlos und voller Sehnsucht im Herzen zu Besuch hierher gekommen war. Damals konnte sie nicht ahnen, dass sich ihr Leben durch das Wiedersehen mit dem Meister von Grund auf verändern würde. Aber auch heute kannte sie ihren zukünftigen Weg nicht wirklich. Sie fühlte sich wie eine Anfängerin in der Schule des Lebens, einzig Vertrauen war ihr treuer Begleiter.

Ein junger Mann, den sie vom gemeinsamen Tanz kannte, öffnete auf ihr Klopfen die schwere Pforte. Über sein Gesicht huschte ein Lächeln, als er Amai erkannte.

»Wie schön, dass du wieder zurück bist!«, begrüßte er sie ehrlich erfreut. Amai errötete und erwiderte verlegen seinen Willkommensgruß.

Langsam schritt sie durch die Gänge. Der vertraute Geruch aus wohlriechenden Pflanzenölen und frischer Wäsche lag in der Luft. Sie kam an Vater Dorjes Arbeitszimmer vorbei und konnte nicht widerstehen, zu klopfen. Ein tiefes »Herein!« ertönte von drinnen.

Vater Dorje saß in seinem Ledersessel vor dem geöffneten Fenster und ließ sich von der Frühlingssonne wärmen. Noch im Mantel, mit Beutel und Blumen bepackt, stand Amai wortlos mitten im Zimmer. Als Dorje seine Schülerin erkannte, erhob er sich und schloss sie in seine Arme.

»Wie freue ich mich, dass du wohlbehalten zurückgekehrt bist, mein Kind! In den nächsten Tagen wirst du mir sicherlich von deiner Zeit bei Lhundrub erzählen. Nun aber lauf und suche Raquel, ehe das abendliche Treffen beginnt. Ich glaube, sie hat dich wirklich sehr vermisst.«

Amai nickte und wischte sich die Freudentränen aus den Augen. Für diesen Moment gab es nichts zu sagen. Leise zog sie die Tür wieder hinter sich zu.

Dorje lehnte sich nachdenklich im Sessel zurück. Das Mädchen hatte sich in der Einsamkeit der Berge verändert. Ihr Wesen hatte an Substanz und Klarheit gewonnen. Dies geschah, wenn jemand seiner verborgenen, dunklen Schattenseite näher kam. Nicht alle Schüler konnten die harte Einsamkeit aushalten. Doch gehörte beides unabdingbar zur Suche, die Begegnung und Auseinandersetzung mit anderen Menschen und der Welt genauso wie das Ausharren und auf sich selbst Zurückgeworfensein in der Abgeschiedenheit. Es gab Schüler, denen das Alleinsein leicht fiel. Für andere war gerade die Einsamkeit schier unerträglich. Andererseits erleichterte die tragende Kraft der Gruppe manches, was dem Einzelnen noch nicht gelingen konnte, solange es dem Schüler an Ausdauer und stabiler tiefer Erfahrung fehlte.

Allmählich verliefen die Tage wieder im bekannten Rhythmus. Amai nahm Abschied vom zurückgezogenen Üben und gewöhnte sich wieder an den Tagesablauf in der Schule, auch wenn ihr dies nicht ganz leicht fiel, hatte sie sich doch während der Monate in der Einsiedelei auch an die damit verbundene Selbständigkeit und Freiheit gewöhnt. Schon bei ihrer Rückkehr hatte sie wieder gespürt, dass innerhalb der dicken Mauern eine besondere Kraft anwesend war – aber auch mit ihr selbst war etwas geschehen. Leichter als vorher gelang es ihr, aufmerksam zu beobachten, was in ihrem Inneren vorging. Das Eintauchen in die Stille des Kristallraumes geschah müheloser. Manchmal schien sie förmlich hineingezogen zu werden.

In ihrem Tagebuch, das Lhundrub ihr zu schreiben aufgetragen hatte, hielt sie fest: *Im Kristallraum ist es stiller als in mir, aber totale Stille liegt nur im Nichts-Fürchten und Nichts-Ersehnen. Mein Körper fühlt sich durchlässiger an, leichter, geordneter. Bei allem, was ich tue, versuche ich, Anspannung loszulassen.*

Trotzdem blieb ihr das Geheimnis der wahren Natur weiterhin verborgen, und manchmal wurde sie darüber traurig.

Nach ihrer Rückkehr vom Berg durfte Amai einen ungewöhnlichen Tanz erlernen: den Kristalltanz. Zwölf Frauen und Männer tanzten in bunten weiten Gewändern zusammen auf einem großen, auf dem Holzboden aufgemalten Kreis, der die Erdkugel symbolisierte. Amai faszinierte das Erdenmandala voller geometrischer Muster, das zugleich verschiedene Zentren im menschlichen Körper repräsentierte. Die Schritte des Tanzes folgten der Melodie des Liedes der Großmutter, was Amai besonders freute. Manchmal begegneten sich eine Frau und ein Mann und standen sich in wacher Aufmerksamkeit gegenüber, um dann wieder, jeder für sich, weiterzutanzen. Hände, Arme, Beine, die Körper der Tänzer drehten sich spiralförmig in alle Richtungen wie Blütenstängel, die sich dem Licht der Sonne entgegenstrecken.

Der Meister erklärte ihr, dass der Tanz den Menschen in harmonischen Gleichklang zu bringen vermochte. Dadurch erleichtere er es dem Suchenden, seine wahre Natur zu entdecken. Von Raquel erfuhr Amai, dass Dorje den Kristalltanz im Traum empfangen hatte. Weibliche Himmelswesen hätten ihn Nacht für Nacht jede einzelne Bewegung gelehrt. Tagsüber habe er alles aufgeschrieben und geübt. So sei es über viele Wochen geschehen. Die Gabe des Wachträumens habe der Meister schon als achtjähriger Junge gezeigt und sie begleite ihn durch sein Leben, auch wenn Dorje nur selten über seine Fähigkeit spreche. Raquel erzählte auch von anderen Meistern mit einer ähnlichen Gabe aus Dorjes spiritueller Vorfahrenslinie, die bis in ein weit entferntes, unzugängliches Bergland im Himalaja zurückreichte.

Anfangs fand Amai die Bewegungen des Tanzes schwierig. Doch je öfters sie tanzte, desto mehr schien ihr Körper daran Gefallen zu finden. All diese Übungen, die in der Schule gelehrt wurden, stimmten ihren Körper wie ein Instrument und entlockten ihm immer feinere Klänge. Wie aufeinander abgestimmte Saiten lernten Organe und Energiewege im Körper, harmonisch zusammenzuarbeiten, sodass dem freien Fließen der Lebenskraft, dem fröhlichbunten Miteinander der Gefühle und der reinen Kraft des Geistes nichts mehr entgegenstand.

Wenige Wochen nach ihrer Rückkehr bat Amai Meister Dorje um ein Gespräch und beim Tee in seinem Zimmer brach es verzweifelt aus ihr heraus.

»Was ist das nur, meine wirkliche Natur, Vater? Ich glaube, ich werde nie begreifen, was du damit meinst! Warum versuchen wir beim stillen Sitzen, die Gedanken zu beobachten und weiterziehen zu lassen, und wofür ist diese innere Leere so wichtig?«

»Wenn solche Fragen in uns entstehen«, begann der Meister nach längerem Schweigen, »wollen sie uns führen. Dies alles sind Schritte auf dem Weg, die durchlaufen werden wollen. Mach dir keine Sorgen, Amai! Eigentlich gibt es nichts zu tun. Unsere wahre Natur existiert wie die Luft aus sich heraus. Sie ist nicht an vergangene oder zukünftige Erfahrungen gebunden. Die Annäherung an unsere Wesensnatur kann über die Erfahrung der Leerheit des Geistes erfolgen, deshalb üben wir uns darin im stillen Sitzen. Zu

Beginn der Suche lernen wir das, was wir unsere Persönlichkeit nennen, besser kennen, um dann über ihre Begrenzungen hinauszuschauen und uns langsam weniger an ihr festzuklammern, was schließlich zur Erfahrung eines stillen leeren Raumes in uns zu führen vermag. Es gibt verschiedene Tiefen in diesem Raum. Je öfter und länger ein Mensch darin verweilt, desto vertrauter wird er damit. Hinter der Leere gibt es aber noch etwas anderes. Dahinter liegt unser ureigentlicher Seinszustand verborgen, der als lebendiges Gewahrsein von jedem Menschen erfahren werden kann. Er ist uns von Anbeginn an so selbstverständlich und nah, dass wir seiner erst wieder gewahr werden müssen. Deshalb, Amai, üben wir uns in der Erfahrung der Leere. Ist das eine Antwort auf deine Frage?«

Amai nickte. Tatsache war, niemand hatte sie je Enttäuschung darüber spüren lassen, dass sie ihr wahres Wesen noch nicht erkannt hatte. Niemand war darüber beunruhigt. Nur sie selber war so ungeduldig, dass sie sich dadurch immer von neuem verunsichern ließ. Warum machte sie sich solche Sorgen? Wenn es geschehen sollte, würde es eines Tages geschehen, wenn nicht, dann würde es eben genau so sein. Sie dankte Vater Dorje für seine Worte und verließ nachdenklich den Raum.

Die Wochen und Monate vergingen. Jeder Tag brachte eine neue Frage mit sich, trug einen besonderen Grundton. Abends im Bett dachte Amai manchmal an Lhundrub. So eine tiefe Verzweiflung wie damals in der Höhle hatte sie seither nicht mehr erlebt, auch wenn noch hin und wieder Ängste aufstiegen. Vielmehr fühlte sie eine innere Trockenheit, fast würde sie sagen, Leerheit. Diese Leere schmeckte fremd. Amai fürchtete sie zwar nicht, doch ihr Geist fühlte sich darin seltsam verunsichert. Wie viel leichter war es doch, an den ruhig dahinplätschernden Gewohnheiten des

Denkens und Fühlens festzuhalten, als solch neue Erfahrungen auszuhalten.

Der Meister dagegen war für sie wie ein Berg, sein Blick tief wie der grenzenlose Ozean, in dem sich das Universum widerspiegelte, sein Geist offenes Gewahrsein. Manchmal vergnügte er sich mit den Schülern stundenlang bei einem Brettspiel aus seiner Heimat, und auch dabei war er gesammelt wie ein Löwe. Ob er im klaren Bergsee mit seinen Schülern schwamm, im Wald arbeitete, auf seiner Flöte spielte oder etwas schrieb, seine Nähe berührte etwas in den Menschen um ihn herum, machte ihr Herz weicher.

Besonders lieb waren ihr die Samstage, an denen die Bewohner der Schule zusammenkamen und gemeinsam das Abendessen zubereiteten. Manchmal gab es Köstlichkeiten aus fernen Ländern voller fremdländischer Gewürze und Düfte. Zu solchen Begegnungen fanden sich auch Schüler ein, die außerhalb der Schule wohnten. Dann nahmen alle an den kreisförmig angeordneten Holztischen in der großen Halle Platz. Im Kamin wurde das Feuer entfacht und alle genossen bis tief in die Nacht die reichhaltige Mahlzeit. Währenddessen entspann sich ein reges Tischgespräch, bei dem Meister Dorje nicht müde wurde, die Fragen seiner Schüler zu beantworten. So lernten ältere und jüngere Schüler voneinander und vom Meister.

An einem solchen Abend im Herbst hatten sich die Bewohner wieder einmal um die langen Tische zum Abendessen versammelt. Beim Nachtisch, einem süßen Reishonigkuchen und reichlich rotem Wein, brachte ein neuerer Schüler die Frage vor, ob Menschen, die sich nicht auf der Suche befänden, gleichwohl Erfahrungen mit der wahren Natur machen könnten.

Der Meister antwortete ihm wohlwollend: »Menschen sehnen sich nach erhabenen Gefühlen und inspirierenden

Gedanken und sie suchen sie in der Schönheit der Natur, in der Literatur und Musik oder in der Liebe. Jeder Mensch kann seine ursprüngliche Natur erfahren. Manchmal tauchen Menschen für Augenblicke zufällig in dieses Gewahrsein ein, vielleicht, wenn sie von einem schönen Sonnenuntergang oder einem Kunstwerk überwältigt werden und sich darin verlieren. Sogar durch körperliche Anstrengungen können wir solche Erfahrungen machen, für Momente über uns hinauswachsen und in eine Ahnung von etwas Größerem eintauchen.«

Dorje lehnte sich zurück, verschränkte die Arme über seinem Bauch und betrachtete die Gesichter der Menschen, die im flackernden Licht des Holzfeuers und der Kerzen um ihn herumsaßen. Der Feuerschein warf ihre Schatten an die alten hohen Wände im Saal.

Nurit, eine langjährige Schülerin, wandte sich an Dorje: »Kannst du bitte zu uns darüber sprechen, Meister, wie es möglich wird, unsere wahre Natur nicht nur zufällig und gelegentlich zu erfahren? Kann sie ein Mensch auch alleine entdecken?«

Meister Dorje sagte: »Dem einen oder anderen mag es auch allein gelingen, wenn auch meist unter Mühen oder durch großes Leid.. Mit dem äußeren Meister geschieht es viel leichter. Er erweckt den inneren Meister. Für uns Menschen im Körper gibt es außen und innen, für das wirkliche Sein ist alles eins. Unser Weg lässt jedem größtmögliche Freiheit. Das ist ein wesentlicher Unterschied zu Schulen, die bestimmte Übungen vorschreiben und solche Aufgaben, die unter großer Anstrengung erfolgen, für bedeutsamer halten.«

Ein zu Besuch gekommener Schüler fragte, warum es allein schwieriger sei, die wahre Natur des Menschen zu entdecken, worauf Dorje erwiderte: »Heutzutage ist viel

Wissen, das früher von weisen Menschen geheim gehalten wurde, überliefert. Uralte Texte und Lehren, die einst nur an wenige, ausgewählte Schüler weitergegeben wurden, sind heute offen zugänglich. Wer sich damit beschäftigt, wird allerdings schnell feststellen, dass man den tieferen Sinn des Geschriebenen nicht wirklich versteht. Das Wissen der Eingeweihten wird seine Kraft nicht entfalten, wenn man sich nicht völlig mit der eigenen Seinserfahrung hineinbegibt. Auf der reinen Verstandesebene ist solches Wissen wertlos. So schützt sich heiliges Wissen selbst.«

Nachdem wieder Wein und Kuchen herumgereicht worden waren, bat Amai leise, doch vertrauensvoll: »Meister, bitte sprich zu uns darüber, wie wir die wahre Natur erkennen können. Wie zeigt sie sich?«

Meister Dorje roch versonnen an seinem Glas Wein, bevor er einen Schluck davon nahm.

»Nun, wie soll man einem Blinden erklären, wie unvergleichlich schön ein Regenbogen aussieht? Doch kann die ursprüngliche Natur durch ihre ausstrahlenden Eigenschaften als feine stille Liebe, als innere Weite oder Klarheit, als tiefer Zustand von Frieden, ja sogar als überströmende Freude und Glückseligkeit erfahren werden. Erfährt ein Mensch seine wahre Natur, empfindet er zutiefst inneren Wert, geboren aus seinem ureigenen Sein.

Der Konflikt zwischen Religionen, für die ein unpersönliches Göttliche existiert, und jenen, die an einen persönlichen Gott glauben, ist in Wahrheit derselbe Konflikt, der in der inneren Entwicklung des Menschen erfahren wird. In Wirklichkeit erkennt der Suchende irgendwann, dass beides wahr und gleich gültig ist: unpersönliche, allumfassende Erfahrungen wie Leere oder Einheit und die zutiefst persönlichen Erfahrungen eines Gottes und des eigenen vollkommenen Seins.

Ebenso wenig von Nutzen ist in der menschlichen Entwicklung ein Kampf zwischen einem vermeintlich schlechten und verachtenswerten ›Ich‹, das zugunsten der Gegenwart eines mächtigen Gottes verschwinden müsste. Vielmehr ist ein harmonisch entwickelter Mensch das äußerlich sichtbare und gereifte Spiegelbild unserer unzerstörbaren wahren Natur.«

Dorje, der seine Zuhörer genau beobachtete, sah, dass einige der Schüler noch nicht völlig verstehen konnten. Bei anderen, die, wenn auch nur für kurze Momente, ihre wirkliche Natur erfahren hatten, zeigte sich dies in der Art und Weise ihrer Haltung, im Blick oder im Klang ihrer Stimme. Eine Einfachheit lag in ihrem Sein, die das Durchscheinen von etwas Größerem erlaubte. Es bestanden weniger Hindernisse im Menschen oder, wie es sein eigener Meister vor langer Zeit einmal ausgedrückt hatte: »Der wirkliche Mensch ist sichtbarer.«

Er fuhr fort: »Wir alle haben mehr oder weniger schmerzhafte, beängstigende Erfahrungen in unserer Kindheit und unserem Leben gemacht, die Denken und Fühlen prägen und unsere wahre Natur wie mit einem Schleier verhüllen. Je entspannter wir sind, desto leichter und beständiger wird das Eintauchen in diese innerste Essenz, bis letztlich der Schleier fällt. Eine ausgewogene Persönlichkeit muss ihre Unsicherheiten nicht mehr angestrengt verbergen, sondern es entsteht ein immer tieferes Vertrauen, um aufrichtig und unbefangen mit der äußeren und der inneren Welt in Kontakt zu treten. Durch wiederholtes Eintauchen in unsere wahre Natur entsteht ein Fluss von Gewahrsein, der zuerst von außen nach innen, vom Geist zur Natur des Geistes fließt. Doch irgendwann kommt der Punkt, an dem sich die Fließrichtung umkehrt und sich der Strom natürlichen Gewahrseins aus unserem Herzen nach außen ergießt. Dann verwandelt sich das anfänglich schwache Rinnsal vom Bach zum Fluss und wird am Ende zum allumfassenden Ozean. Das, was wir das ›Ich‹ nennen, löst sich trotzdem nicht auf; es lebt vielmehr aus der Kraft des Ozeans, der inneren Verbundenheit mit dem wirklichen Sein. Dieser persönliche Anteil unserer Wesensnatur ist wie eine Perle, die in einer schützenden Muschelschale heranreift. Der Suchende wird nach und nach ein eigenständiges Zentrum schöpferischer Kraft, und seine wahre Natur strahlt durch ihn hindurch in die Welt wie ein Kristall.«

Nachdem der Meister geendet hatte, herrschte Stille im Saal. Nur das Knistern des Feuers war zu hören. Es war, als hätte er bereits durch das Sprechen über die ursprüngliche Natur des Menschen eine Ahnung davon in seinen Schülern wachgerufen.

Zur Wintersonnenwende, als sich die Natur in den Winterschlaf zurückgezogen hatte und die Tage am dunkelsten waren, hatte sich auch in der Schule der Rhythmus verlangsamt. Amai suchte häufig die Einsamkeit. Nur dem abendlichen gemeinsamen Sitzen im Kristallraum wohnte sie gerne bei. Eines Abends wurde ihre Aufmerksamkeit von Meister Dorje angezogen, der schon lange mit geschlossenen Augen auf der gegenüberliegenden Seite des Raumes weilte.

›Wie unglaublich entspannt doch der Meister ist. Dorje ist wirklich wie ein großer Berg, er ist einfach da‹, dachte sie bei sich und versuchte, sich ebenfalls zu sammeln. Da geschah es, dass spontanes Gewahrsein tief und tiefer in sie hineinsank und ihr ganzes Sein davon durchdrungen wurde. Alles war weit und grenzenlos, strahlend, leicht und schwerelos.

Am nächsten Morgen lag sie in ihrem Zimmer auf dem Bett und schrieb: *Es geschah einfach. Alles war befreit. Leer.*

Klar. Gleicher Geist mit ihm, sein Geist berührte mich. Alle Angst fiel von mir ab, alles Urteil, alle Trennung. Mein Herz war ganz Herz. Eins mit dem Herzen der Welt. Ein unaussprechlich kraftvoller Zustand, voller Würde und Freiheit. Als ich nach langer Zeit die Augen öffnete, sah mich der Meister an. Wusste er? Er wusste. Es geht so leicht, wenn er da ist. So glückselig leicht.

Am Vormittag bat ich um ein kurzes Gespräch und beschrieb Vater Dorje mein gestriges Erlebnis. Er zog die Augenbrauen hoch und nickte: »Gut, gut. Das ist es. Jetzt muss dieser Seinszustand dir von Tag zu Tag vertrauter werden. So gehst du weiter. Ich bin sehr zufrieden.

So mühelos? So einfach?

Amai war glücklich. Mehr benötigte sie nicht.

Glaubte sie.

Gegen Ende des Winters klopften drei Wanderer an die Pforte der Schule. Zwei ältere Männer und eine Frau in dicken Mänteln baten um ein Nachtlager. Alef, Josha und Rabea stammten aus einer weit entfernten Schule im Osten und waren schon seit Monaten auf einer Pilgerreise. Gerne wurde die kleine Gruppe aufgenommen. Die Fremden erhielten nicht nur stärkende Mahlzeiten und ein behagliches Zimmer, sondern waren auch willkommene Gäste, deren Geschichten die Schüler nur allzu gerne hörten. So trafen sich abends alle im großen Saal, um den Reisegeschichten der Wanderer zu lauschen, die heilige Orte und große Lehrer besucht hatten.

Amai war von ihren Erzählungen merkwürdig berührt und musste wiederholt an den Traum mit dem eigenartigen dreieckigen Gebäude denken. Doch ihr Zuhause war nun in der Bergschule. Hier fühlte sie sich wohl und auch ihre innerste Sehnsucht hatte sich erfüllt. Sie hatte den Geschmack ihrer wahren Natur kennengelernt und übte sich jeden Tag neu darin.

So war sie nicht wenig überrascht, als sie eines Nachmittags zu Vater Dorje gerufen wurde und Rabea in einem der alten Ledersessel sitzen sah. Beide lächelten ihr aufmunternd zu.

»Setz dich zu uns, Amai«, lud sie der Meister freundlich ein. »Ich möchte dir einen Vorschlag machen.«

Mit einem raschen Seitenblick auf Rabea, die sie konzentriert betrachtete, zog sie einen Stuhl heran. Leises Unbehagen beschlich sie.

Meister Dorje sah sie offen an.

»Amai, du hast in den vergangenen zwei Jahren viel bei uns gelernt. Du hast dich mutig auf immer neue Anforderungen eingelassen und dein Bestes gegeben. Für unsere Schule bist du eine große Bereicherung. Du weißt, dass ich dir durch deine Großmutter sehr verbunden bin. Doch nun ist es für dich an der Zeit, wieder in die Welt hinauszugehen. Du benötigst Erfahrungen, die du nicht in der Schule, sondern nur im Leben der Welt machen kannst.«

Dorje hielt inne und blickte auf die junge Frau, die stumm und verschlossen vor ihm saß.

»Amai, möchtest du Rabea und ihre Gruppe eine Zeitlang begleiten?«

Amai war so erschüttert, dass sie nicht gleich antworten konnte. Ihr war immer klar gewesen, dass irgendwann der Tag des Abschieds käme. Doch niemals hatte sie damit gerechnet, dass dies so schnell und auf diese Weise geschehen würde. Warum sollte sie mit Menschen gehen, die sie nicht einmal kannte? Ihre Gedanken überstürzten sich.

Sie schluckte und bemühte sich, mit fester Stimme zu antworten: »Wenn es dein Wunsch ist, Meister, werde ich fortgehen.«

Und zu Rabea gewandt, fügte sie hinzu: »Wisst ihr schon, wann ihr aufbrechen werdet?«

»Ja, übermorgen werden wir weiterziehen und freuen uns sehr, wenn du mit uns gehst.«

Amai fühlte unter sich den Boden schwinden. Sie verabschiedete sich mit knappen Worten, lief in ihr Zimmer und warf sich weinend auf das Bett.

Dorje ahnte, was in seiner Schülerin vorging, und war von ihrem Schmerz betroffen. Er wollte sie nicht wegschicken, doch nun musste sie sich den Anforderungen der Welt stellen. Obwohl sie behütet aufgewachsen war, kannte er aus ihrer Lebensgeschichte die tief sitzende Angst vor dem Verlassenwerden, hatte die Enkelin seiner Freundin Elia doch viel zu früh Mutter und Vater verloren.

Amai ließ den Tränen der Enttäuschung freien Lauf. Warum nur war ihr kein Zuhause vergönnt? Warum sollte sie schon wieder alles aufgeben? Sie ahnte, dass Vater Dorje diesen Vorschlag nicht grundlos gemacht hatte, und trotzdem verstand sie nicht, warum sie nicht wenigstens in der Nähe der Schule bleiben konnte.

Nach einer Weile kam ihr Raquel in den Sinn. Amai wusch und trocknete ihr Gesicht und begab sich auf die Suche nach ihrer mütterlichen Freundin. Sie fand sie im Kräutergarten.

»Ach, Raquel, Meister Dorje schickt mich weg! Schon übermorgen!«

Raquel zog sie an sich und hielt sie fest.

»Ich weiß, Amai. Der Meister hat sich mit mir besprochen, und auch wenn ich dich sehr vermissen werde, weiß ich doch, dass sein Entschluss richtig ist. Vertrau ihm!« Sie küsste Amai auf die Stirn.

Die beiden Frauen saßen zusammen auf einer Bank und sprachen, bis die Abenddämmerung aufzog und es kalt wurde. Währenddessen stand Dorje eine Weile an seinem Fenster und beobachtete sie.

›Es ist nicht immer leicht, Menschen zu führen‹, dachte er, ›besonders, wenn man sich ihnen verbunden fühlt.‹

Doch musste jeder Mensch die Erfahrungen machen, die notwendig waren. Auch er war ein Mensch wie alle anderen. Er aß, trank, schlief und liebte, war manchmal unsicher, enttäuscht, wütend, und bisweilen hatte auch er Angst. Die Verantwortung für so viele Schüler, er hatte sie nicht gesucht. Erst nachdem ihn sein Meister wiederholt darum gebeten hatte, hatte er langsam begonnen, Schüler zu unterrichten. Nach dem Weggang aus seiner Heimat im Himalaja war er schließlich hierhergekommen, in das Land der hohen Berge auf der anderen Seite der Welt. In seine Gabe der Wachträume setzte er tiefes Vertrauen. Zahllose Bücher hatte er schon mit den Lehren aus diesen Träumen gefüllt, die sich über Jahrzehnte hinweg immer weiter vervollständigten. Den Mittelpunkt seines Lebens bildete die Einführung seiner Schüler in ihre wahre Natur, aus der heraus er lebte. Von Religion hielt er eher wenig, aber da er nun einmal in sie hineingeboren war, ehrte er die tibetisch-buddhistische Tradition als schützenden Mantel der Lehren über die ursprüngliche Natur des Menschen. Sein eigener Meister war ein einfacher Arzt gewesen und hatte inmitten einer Dorfgemeinschaft von Suchenden gewirkt. Durch ihn hatte er zu Beginn seines Weges die Bedeutungslosigkeit von Zeremonien, Ritualen und leeren Worten begriffen, solange ein Mensch seine wahre Natur noch nicht erkannt hatte. Sein Lehrer war, wie auch er selbst, ein Tertön gewesen – ein Mensch, der durch seine geistige Klarheit heilige Texte im Wachtraum empfing. Auf Weisung seines Meisters hatte er entgegen seines Wunsches nach einem Mönchsleben das Kloster verlassen, sich das Haar lang wachsen lassen und in der Welt gelebt. Ohne Unterschied der Person erklärte er jedem Interessierten die Lehren. Nach der Verbrennung seines Meisters wurden in der Asche kostbar gehütete Zeichen seiner hohen Verwirklichung sichtbar. Sein Herz, die Zunge und die Augen waren vom Feuer unversehrt geblieben.

So verließ Amai mit den drei Pilgern am übernächsten Tag die Schule. Raquel hatte ihr einen Beutel mit kleinen Taschen für die wichtigsten Dinge genäht. An ihre Kette hatte sie neben das Zeichen der Großmutter den kleinen Spiegel geknüpft, den sie von Lhundrub erhalten hatte.

Vater Dorje umarmte sie zum Abschied und wünschte ihr Lebewohl mit den Worten:

»Amai, lebe frei wie eine Löwin!«

Amai konnte dem Meister nicht in die Augen schauen, geschweige denn ihn fragen, was er damit wohl meinte. Ihr Herz war erfüllt von Bitterkeit und von heimlichem Groll, den sie sogar vor sich selbst verbarg.

Die Gruppe lief stundenlang nahezu schweigend. Amai hatte eine so lange Wegstrecke nur selten zu Fuß zurückgelegt und ihre Beine begannen zu schmerzen. Sie war erleichtert, als die anderen beschlossen, in einer Pension Rast einzulegen. Nach einem kurzen Abendmahl zog sich jeder in sein Zimmer zurück und Amai fiel erschöpft in tiefen Schlaf.

Die ersten Tage verbrachte Amai damit, sich auf den Wanderrhythmus ihrer Begleiter einzustellen. Ihr Körper wurde durch das stetige gleichmäßige Laufen gestärkt und allmählich bekam sie Freude daran, auf abgelegenen Feldwegen durch das Land zu wandern, das im Frühling zu neuem Leben erwachte. Fand die Gruppe einmal kein Haus, das sie beherbergte, suchten sie Unterschlupf in einem Stall, einer verlassenen Schäferhütte oder einer Höhle. Dann entfachte Josha, der jüngere der beiden Männer, ein Feuer und die Frauen bereiteten aus Mais, Hirse, frischen Kräutern, Nüssen und Pilzen ein schmackhaftes Mahl. Später sangen sie zusammen das heilige Lied, das sie manchmal unter dem sternenübersäten Nachthimmel endlos wiederholten.

Alles, was sie je über das Lied der geliebten Großmutter gehört hatte, bewahrte Amai in ihrem Herzen. Sie erinnerte sich nur allzu gut an die Worte des Meisters, das Kristalllied erleichtere das Eintreten in die wahre Natur und sein Klang wirke heilsam auf die drei Existenzbereiche Körper, Gefühl und Geist. Langsam erahnte sie die dem Lied innewohnende Kraft, weil sie beim Singen förmlich spürte, wie die Melodie einzelner Silben und Liedzeilen Teile ihres Körpers berührte, ihn lebendiger machte. Manche Bereiche ihres Leibes fühlten sich gut an und waren ihr vertraut, andere wiederum waren ihr bisher eher fremd geblieben. Vor allem in ihrem Unterleib schienen Kräfte eingeschlossen, die zuweilen ein unbestimmtes körperliches Verlangen hervorbrachten.

Zwischen Rabea und Amai hatte sich eine Freundschaft entwickelt. Wieder hatte Amai jemanden an ihrer Seite, der ihr half, die neuen Erlebnisse in der Fremde zu bewältigen. Die beiden Männer waren eher wortkarg, trotzdem aber verlässliche Begleiter. Alef war der Älteste der Gruppe. Er überraschte bisweilen alle mit scharfzüngigem Witz, sodass sie vor Lachen bisweilen nicht mehr an sich halten konnten. Amai fühlte sich durch das Wandern zunehmend frei und ungebunden. So auf sich selbst gestellt zu sein war etwas, das sie mochte. Rasch lernte sie, Essbares im Wald und auf den Wiesen zu sammeln.

Zumeist mied die Gruppe größere Städte, doch gelegentlich ließ sich eine Stadt nicht umgehen. Amai, die lange nicht mehr unter vielen Menschen gewesen war, genoss das lärmende Gewimmel auf den Märkten, das werbende Geschrei der Marktfrauen, das Läuten der Kirchenglocken und die fröhlichen Kinder. Wachsam nahm sie die bunten Eindrücke auf und betrachtete neugierig die Stadtmenschen. Welche Sehnsucht trugen sie im Herzen? Sie waren Kindermenschen, die völlig in ihren Gefühlen aufzugehen schienen und ihre Gedanken so ernst nahmen, dass aus einem harmlosen Streit etwas werden konnte, bei dem es um alles oder nichts ging

Nach zwei Monaten unermüdlichen Wanderns Richtung Norden erreichten sie einen heiligen Berg. Dort lebte einst ein Mann, dessen Grabstätte immer noch eine wundersame Wirkung nachgesagt wurde. In die Mitte eines schlichten, weißen Heiligtums war ein Grabmal in die Erde eingelassen und mit Blumen und Kerzen geschmückt. Amai saß Stunde um Stunde am Grab des Heiligen, das sie anzog, aber auch verwirrte. Von ihm ging eine Kraft aus, die wie das Lied etwas in ihr bewegte.

Der Berg, in dessen Höhlen der Heilige gelebt hatte, war viel größer, als sie es sich in ihrer Vorstellung ausgemalt hatte. In der Silvesternacht wanderte sie bei Vollmond mit Rabea um den Berg. In dieser besonderen Nacht waren viele Menschen unterwegs; sie baten um das Wohlergehen ihrer Familie und warfen Glück bringenden Zucker als Gabe ins Feuer. Als der Morgen dämmerte, bestiegen die beiden Frauen den Berg, den die Einheimischen den Gipfel der Schlangengöttin nannten. Die Großmutter hatte Amai einst gelehrt, dass Schlangen einen überaus feinen Geruchssinn besaßen und sogar mit der Zunge riechen konnten. Ihr Gift vermochte zu töten oder zu heilen. Die Großmutter hatte den Tanz der Schlange den Tanz des Lebens genannt: Am Beispiel der Schlangenhaut, die in farbigen oder schwarz-weißen gezackten Linien schillerte, hatte sie der Enkelin gezeigt, wie bedeutsam es war, dem persönlichen Muster des Lebens zu folgen. Dafür war es manchmal auch notwendig, die alte Haut abzustreifen. Später hatte sie in der Schule auf dem Berg von der schlangenförmigen Kraft gehört, die im Unterleib erwachen und entlang der Wirbelsäule bis zum Scheitel aufsteigen konnte. Auf dem Berggipfel spürte sie stärker denn je, dass sich ihr Unterleib verschlossen anfühlte.

Mittags besuchten sie das altehrwürdige Heiligtum der nahen Stadt. Sie traten in den Schatten der Säulen und wurden vom Duft des Räucherwerks und dem Murmeln der Betenden eingehüllt. In einem abgelegenen Winkel trafen sie auf einen dünnen alten Priester, der auf einem Kissen saß. Sein langer Bart und das verfilzte Haar, das ihm bis zur Hüfte reichte, hatten dieselbe graue Farbe. Mit seinem knochigen Arm winkte er die Frauen heran und fragte, ob sie einen Rat benötigten. Rabea stellte ihm eine Frage, die er nach kurzem Zögern beantwortete. Dann wiegte er den Kopf sinnend hin und her und runzelte die Stirn. Zur Verblüffung der Frauen sagte er plötzlich zu Amai: »Du hast schon einen Meister, du brauchst meinen Ratschlag nicht, Mädchen. Folge ihm! Deine Sehnsucht wird dich führen.«

Amai fand in der Nacht keinen Schlaf, ein unerträgliches Ziehen im Unterleib hielt sie davon ab. So stand sie schließlich auf und kleidete sich leise an, um noch einmal das Grab des heiligen Mannes zu besuchen. Ihren Beutel nahm sie mit, um sich bei Sonnenaufgang gleich den anderen anschließen zu können, denn sie wollten zeitig aufbrechen. Als sie im Heiligtum ankam, befand sich dort niemand, nur eine Kerze erhellte schwach den Raum. Es war ganz still. Lange saß sie schweigend am Grab des Heiligen. Einem inneren Bedürfnis folgend breitete sie die Arme aus und streckte sich bäuchlings auf dem Boden aus. Nach und nach glitt sie in einen Zustand von Glückseligkeit hinein, der nicht nur ihren Geist, sondern auch ihren Körper erfüllte. Selbstvergessen lag sie auf dem Marmor. Ihr Körper sog förmlich die Kraft des Ortes in sich hinein. Ihr Geist wurde klar und Licht durchströmte ihre Wirbelsäule. Und zum ersten Mal spürte sie es: Die Schlangengöttin wand sich in ihrem Körper in kreisenden Spiralen nach oben, sanft und mächtig.

Als Amai aus ihrer Versenkung erwachte, setzte sie sich in eine Ecke des Grabmals. Gedankenverloren betrachtete sie die ersten Pilger, die das Heiligtum besuchten. In dieser Nacht hatte sie sich so glücklich gefühlt wie nie zuvor.

Sie zog ihr Buch aus dem Beutel und schrieb: *Ich bin nicht mehr nur ›ich‹. Ich habe eine Ahnung der göttlichen Glückseligkeit erlebt, ich bin du, bin eine göttliche Tochter, ein Teil der göttlichen Seele. Die unstillbare Sehnsucht, mit der es mich seit meiner Kindheit nach Einssein verlangt, ist Wirklichkeit geworden. Das Eintauchen in die wahre Natur macht mich trunken.*

Amai streckte sich und trat auf die Straße hinaus. Die Sonne stand bereits höher am Himmel, als sie erwartet hatte. Sie eilte zur Herberge, um sich zu ihren Reisegefährten zu gesellen, aber zu ihrem Erschrecken waren die Zimmer leer. Sollten die anderen ohne sie losgewandert sein? Amai setzte sich auf ein Bett und zwang sich nachzudenken. Ungeschriebenes Gesetz der Gruppe war es, dass sich jeder auf den anderen verlassen konnte. Andererseits war abgesprochen, dass die Reise nicht immer gemeinsam fortgesetzt werden musste. Wollte einer der Pilger länger an einem Ort verweilen, zogen die anderen einige Tage lang in gemächlicherem Schritt weiter, damit er sie einholen konnte. Als ihr Beutel am Morgen fehlte, mussten die anderen angenommen haben, dass Amai ihre Pläne geändert hatte. Was sollte sie tun? Versuchen, die anderen einzuholen? Oder aber war dies nach der glückseligen Nacht ein Zeichen, offen dafür zu sein, was ihren Weg kreuzen würde?

Nach der durchwachten Nacht entschloss sie sich, zuerst einmal einen Platz zu suchen, um ungestört auszuschlafen. Sie verließ die Herberge und fuhr mit einem Bus zur Stadt, vorbei am Markt und den Händlern, die wie immer lärmend um den besten Preis feilschten. In einer abgelegenen Ecke des Stadtparks legte sie sich unter die schützenden Zweige einer Eiche. Die Geräusche der Stadt drangen nur noch leise an ihr Ohr, ehe sie in tiefen Schlaf fiel.

Moru sah unter dem alten Eichenbaum ein Mädchen liegen.

›Vielleicht trägt es etwas bei sich, das mich bei meinem Herrn entlasten und ihn wieder freundlich stimmen könnte‹, überlegte er zerknirscht.

Er schlich näher und betrachtete die Schlafende. Sie hatte feine Gesichtszüge und langes, braunes Haar. Er wagte sich so nahe heran, dass er ihren ruhigen Atem hören konnte. Sie trug eine Kette mit einem eigenartigen Anhänger. Mit einem geübten Ruck riss Moru ihr die Kette vom Hals. Als das schlaftrunkene Mädchen erschrocken die Augen aufschlug, lief er schon mit großen Schritten aus dem Park hinaus und verschwand in den dunklen Gassen des Viertels.

Atemlos schlüpfte er in den Innenhof, wo sein Herr gerade die Rosen beschnitt. Als dieser ihn fragend musterte, zog Moru die Kette aus der Hosentasche und rief: »Herr, vielleicht habe ich soeben etwas gefunden, das dich für den Verlust der kostbaren Vase, die ich zerschlug, ein wenig entschädigen kann!«

Er hielt ihm die Kette samt Anhänger hin.

Der alte Mann erschrak. Sein Körper straffte sich. Dann nahm er die Kette in die Hand und betastete unschlüssig den Anhänger.

Streng fragte er den Jungen: »Woher hast du diese Kette? Die Wahrheit, Moru! Bring seinen Besitzer sofort zu mir!«

»Aber … aber Herr, die Kette habe ich einem Mädchen im Park gestohlen. Soll ich zu ihr hingehen und riskieren, dass sie mich erkennt?«

»Was hast du dir nur dabei gedacht? Du hast großes Unrecht getan! Dies musst du wiedergutmachen. Die Kette gehört dir nicht. Wie kannst du nur denken, mit erneutem Unrecht einen Fehler wieder gutmachen zu können? Ich habe dich nicht von der Straße geholt und bei mir aufgenommen, damit du deine Streiche fortsetzt!«

Was der alte Mann nicht sagte, war, dass mit dem Anhänger in seiner Hand ein uralter Schmerz und viele Erinnerungen in ihm zu neuem Leben erwachten. Dies war der wahre Grund, weshalb er unbedingt der Trägerin der Kette begegnen wollte.

Moru lief unwillig den Weg durch die verwinkelten Gassen zurück, aber der Platz unter dem Baum war leer. Zwar war er erleichtert, der Bestohlenen nicht mehr unter die Augen treten zu müssen, andererseits konnte er den Auftrag seines Herrn nicht erfüllen. Einen solchen Blick hatte er noch nie bei ihm gesehen.

Amai ging langsam durch das Stadtviertel. Sie war ratlos. Mit der Kette war ihr alles genommen worden, was ihrem Leben noch Halt und Bedeutung gegeben hatte. Die Schule und Meister Dorje waren weit weg. Was hatte all dies für einen Sinn? Hatte alles seinen Preis? Musste sie nach einer solch beglückenden Erfahrung wie in der vergangenen Nacht ebenso tief in die Abgründe des Lebens hinabsteigen?

Während sie nachdachte, machte sich ihr leerer Magen bemerkbar. Die Sonne stand schon hoch am Himmel und sie wusste weder, wo sie die kommende Nacht verbringen, noch wie es in ihrem Leben weitergehen sollte.

Das Café war am späten Nachmittag wenig besucht. Amai setzte sich an einen Tisch am Fenster und beobachtete die vorbeieilenden Menschen. Die meisten von ihnen hatten eine Arbeit und vermutlich auch eine Familie, zu der sie gehörten. Die Frauen kümmerten sich um die Kinder und das Haus, die Männer um die finanziellen Belange ihrer Familie. Jeder hatte seine Aufgaben, die er nach Kräften zu erfüllen suchte. Vielleicht blieb ihnen auch deshalb keine Zeit, um sich mit solchen Fragen zu beschäftigen, die Amai jeden Tag aufs Neue bewegten. Sie hingegen hatte nichts und niemanden auf der Welt. Womöglich war es der Sinn ihres Lebens, allein ihren Weg zu gehen? Oder sollte sie vielleicht zur Schule zurückkehren? Aber nein, der Meister hatte sie eben erst weggeschickt und auch wenn sie glaubte, dass seine Entscheidung falsch gewesen war, wollte sie nicht gleich bei der ersten Schwierigkeit aufgeben.

Sie aß gerade eine Gemüsesuppe, als ein Mann mit dichtem, dunklen Haar an ihren Tisch trat und höflich, aber bestimmt darum bat, sich setzen zu dürfen. Amai zog mit einem Anflug von Missbilligung die Augenbrauen zusammen; es gab genügend freie Tische. Doch etwas in ihr vermochte den Mann nicht abzuweisen.

Beim Essen entspann sich ein Gespräch zwischen ihnen. Der Fremde interessierte sich dafür, was sie hierher verschlagen habe, und Amai beantwortete erst zurückhaltend, dann aber zunehmend offener seine Fragen. Auch er befände sich auf einer Suche, vertraute ihr der Mann zu fortgeschrittener Stunde an, und dieser Weg sei das Wunderbarste, was auf der Erde existiere.

Mit aller Kraft, die sie ihrem ratlosen Herzen abgewinnen konnte, hoffte Amai, dass der Mann die Wahrheit sprach. Jetzt, da ihr der Meister Unrecht getan hatte und sie Zweifel an ihm hegte, tat sich hier vielleicht ein neuer Weg auf …

Als Amai schließlich aufbrechen wollte, um ein Nachtlager zu suchen, lud er sie in sein Haus ein. Sie nahm die Gastfreundschaft gerne an, nicht nur, weil sie nicht wusste, wohin sie sich am späten Abend wenden sollte, sondern auch, weil sie sich zu dem Fremden unerwartet stark hingezogen fühlte.

Sein Name war Tomás.

Teil 2

An einem stürmischen Morgen erwachte Amai aus einem Traum, der ihr lebendiger schien als die Wirklichkeit. Draußen grollten noch die Ausläufer eines Frühlingsgewitters, der Wind rüttelte an den Fenstern und Regen fegte über das bewaldete Bergland. Der Traum klang in ihr nach und hinterließ ihr Herz wie aufgerissen, mit einer Sehnsucht und einem Verlangen, das jetzt ungestillt auf seiner Oberfläche lag. In letzter Zeit blieben die Traumbilder der Nacht immer länger in ihr lebendig, während sie schon längst den Aufgaben des Tages nachging. Was wollte ihr Inneres durch solch klare Traumbilder mitteilen? Und weshalb war es ihr nicht möglich, wieder in den Zustand völlig selbstvergessenen Glücks einzutauchen, wie damals vor bald drei Jahren, in jener Nacht in dem Heiligtum?

Amai schlüpfte in ein schlichtes, helles Kleid und band das lange Haar zu einem dicken Zopf zusammen. Nach dem Frühstück trat sie vor die Tür und sog die taufrische Luft ein. Der Sturm war weiter gezogen und die ersten zarten Sonnenstrahlen lagen auf dem Garten und dem weiten Land, das sich vor ihr ausdehnte. Regentropfen glitzerten auf den Blättern. Ein neuer Tag hatte begonnen.

Umringt von den Bergen und dem Himmel über ihr fühlte sich Amai in diesem Landstrich beinahe wie zuhause. Nach ihrem Abschied von Tomás und aus der Stadt war nichts weiter geschehen. Sie hatte nach dem schmerzvollen

Lebewohl die Hoffnung gehegt, es würde ihr abermals jemand begegnen, der ihr den nächsten Schritt weisen könnte. Der sie an seiner Hand in die Mitte der Welt führen würde. Ein Mann, der ihr Schutz und Stärke bot. Tief in ihr schien dieses Bild eines Mannes verwurzelt zu sein. Vielleicht der Vater, den es so nie gegeben hatte? Wie sollte bloß ihr weiterer Weg aussehen? Wo waren die Zeichen? Mutlosigkeit breitete sich in ihr aus.

Sie dachte an die tiefe Demütigung, die sie in ihrer Freundschaft mit Tomás erfahren hatte. Sie dachte an all das, von dem sie niemals zuvor auch nur geahnt hätte, dass es ihr jemals widerfahren könnte. War es das, was die Einsiedlerin damals auf dem Berg vorausgesehen hatte? Als sie ihm an jenem schicksalhaften Abend in sein Haus gefolgt war, hatte eine leidenschaftliche Liebesbeziehung zwischen ihnen begonnen. Er offenbarte ihr, dass er auf sie gewartet, dass er sich immer nach einer Frau wie ihr gesehnt habe. Auch Amai trug ein ungekannt starkes und warmes Gefühl für diesen Mann in ihrem Herzen. Vielleicht war es doch ihre Bestimmung, Kinder zu gebären und zusammen mit einem Mann durchs Leben zu gehen? Tomás war ein erfolgreicher Geschäftsmann, der sich mit großer Gewandtheit in der Gesellschaft bewegte. Amai lernte, nützliche Aufgaben auszuführen, die sein Geschäft und sein Ansehen in der Stadt förderten. Sie mühte sich, ihm eine liebevolle Gefährtin zu sein. Trotzdem war es im Verlauf ihrer Freundschaft zu zwei bestürzenden Vorfällen gekommen, bei denen er sie mit seiner gewaltigen Kraft geschlagen hatte. Aus nichtigem Anlass.

Schon nach dem ersten gewaltsamen Übergriff dachte sie daran, sich von ihm zu trennen, vor allem, als er äußerte, er werde sich nicht für sein Verhalten entschuldigen, weil sein Handeln richtig gewesen sei. Sie war fassungslos gewesen. Trotzdem hatte sie weiterhin gehofft, ein Mensch auf einem langjährigen Pfad der Suche werde sein Verhalten hinterfragen und sich prüfen. Eine andere Stimme in ihr entschuldigte seinen Gewaltausbruch als Ausnahme in einer für ihn belastenden Lebenslage. Doch war sie in ihrer Liebe zu ihm gefangen. Innerlich meinte sie zerrissen zu werden, wenn sie sich von ihm trennte. Wenn er bei einem Streit in seinem schnell entfachten Zorn die gemeinsame Wohnstatt verließ, brach sie förmlich zusammen und schrie nach ihm, schrie ihr Leid über das Verlassenwerden heraus und fiel in einen schwarzen Abgrund, der alle Trennungsvorsätze zunichte machte. Nach einem guten Jahr ereignete sich dann ein ähnlicher Vorfall. Wieder war der Anlass geringfügig, eine kleine Streiterei wegen unterschiedlicher Ansichten. Auf ihren Einwand hin sprang Tomás auf und wollte das Haus verlassen. Sie versuchte, ihn daran zu hindern und zu einem Gespräch zu bewegen, als er erneut völlig unerwartet mit seinen geübten Fäusten auf sie einschlug, bis sie auf dem Boden lag und er mit Füßen weiter auf sie eintrat. Ihr war, als bräche eine Welt auseinander. Warum geschah dies ihr? Sie verachtete gewalttätige Männer; ein solches Verhalten kam doch nur in armen, ungebildeten Familien vor, dachte sie. Nach dem zweiten, wesentlich heftigeren Vorfall erkannte Amai, dass etwas im Inneren dieses Mannes nicht stimmig war. Diesen Teil seiner Seele verbarg er so geschickt vor sich selbst, dass er es vermeiden konnte, sich mit ihm auseinanderzusetzen.

Voller Scham vertraute sich Amai zuerst den wenigen Menschen an, die ihm besonders wichtig waren und erfuhr betroffen, dass vor ihr auch schon andere Frauen von ihm geschlagen worden waren. Trotzdem hoffte sie, er möge sein unwürdiges Verhalten erkennen und ein Gefühl von Reue empfinden. Ihren Hilferuf empfand er jedoch als Verrat, den er ihr nicht verzieh. Was für einen dunklen Schatten trug Tomás in sich, dass er Frauen derart herabwürdigen musste? Und woher kam die wahnsinnige Angst, verlassen zu werden, eine Angst, die sie förmlich einschnürte und daran hinderte, ihren eigenen Weg zu gehen?

Amai hatte in den vergangenen Monaten begriffen, dass sie damals in ihrem Leben zwischen zwei Extremen des menschlichen Daseins, zwischen Unabhängigkeit und der Sehnsucht nach verschmelzender Liebe wie eine Glocke hin und her gependelt war. Als sie Tomás an jenem ersten Abend in seinem Haus gegenüberstand und er so zärtlich ihr Gesicht in seine Hände nahm, schien eine lange Zeit des Wartens und Sehnens für beide endlich ein Ende gefunden zu haben. In einem langen Kuss verschmolzen sie miteinander. Die wilde, ungezähmte Lebenskraft, die seit der Nacht im Grabmal in ihrem Körper aufgebrochen war, dass es manchmal eine Qual war, schien endlich ihr Ziel gefunden zu haben, als sie in Tomás' Arme sank. Der Liebe vielerlei Spielarten zeigte er ihr. Er entfachte in ihr eine Glut der Leidenschaft, die sie bis dahin nicht gekannt hatte und trieb ihre Lust zu immer neuen Höhen. Er berührte sie überall dort, wo sie schon lange berührt werden wollte. Er kämpfte mit ihr und ihrem Körper. Seine Stärke und ihre Ausdauer waren unersättlich. Sie hatten inständige Freude aneinander. Er wollte sie immer verfügbar und ihre Kräfte schienen über sie hinauszuwachsen. Ihr Schoß war weit offen und verlangte nach ihm – sie selbst wurde Verlangen.

»Du gehörst mir!«, flüsterte er ihr immer wieder ins Ohr. »Mir allein. Sag es!«

Und sie gehörte ihm.

Und endlich, als sie sich in unzähligen Umarmungen langsam erschöpften, liebten sie sich in der gewöhnlichsten aller Liebesstellungen. Er umfing sie und führte seine Kraft in sie ein – und sie empfing ihn. Sie hielten inne und verharrten im gegenseitigen Spüren, bis sie irgendwann wieder begannen, sich unendlich langsam zu bewegen. Ihr Schoß war für ihn gemacht und er nahm sie in Besitz. Sie atmeten kaum, so dicht war ihre körperliche Präsenz füreinander. Stumm schauten sie einander in die Augen. In beinahe unerträglicher, überfließender Zärtlichkeit verschmolzen sie ineinander, hingegeben an etwas, das größer war als sie, bis sich ihre körperlichen Grenzen verwischten. Durchtränkt von Licht und Helligkeit wurden sie zum Universum, in dem einzig Liebe existierte. Jenseits von Zeit und Raum hielt die Welt den Atem an und lauschte ihrem gemeinsamen Herzschlag.

Doch irgendwann holte die Zeit sie wieder ein. Und dann hassten sie einander. Sie hassten es, einander ihre Schwächen offenbaren zu müssen, wo doch jeder dem anderen ein Quell der Freude und Wärme sein wollte. Doch je stärker sie am Gleichklang ihrer Seelen festzuhalten suchten, umso schneller schien er ihnen zu entgleiten.

Zunächst war Tomás im Zusammensein mit ihr so erfüllt gewesen von dem für ihn neuen Gefühl der Vollständigkeit, des völligen Aufgehens in einem geliebten Menschen, dass es ihn zum ersten Mal in seinem Leben nicht nach anderen Gespielinnen verlangte. Einzig die gesetzlich besiegelte Bindung, die er vor langer Zeit mit einer anderen Frau eingegangen war, bestand unerklärlicherweise weiter, obwohl sie angesichts der langen Zeit, die sie ihren Ehemann mit anderen Frauen teilen musste, längst ein unabhängiges Leben führte und sich ihm nicht mehr verbunden fühlte. Sie lebte getrennt von ihm, wenngleich es ihr dank seiner Unterstützung an nichts fehlte. Diese Situation schuf ein Ungleichgewicht, und Amai drängte vorsichtig darauf,

Tomás' rechtmäßige Frau zu werden. Sie wollte ihn nicht mit einer anderen Frau teilen. Er hingegen reagierte mit äußerster Eifersucht, wenn sie es wagte, auch ohne ihn am gesellschaftlichen Leben teilzunehmen und offensichtlich auch noch Freude daran zu haben. Seine wachsende Eifersucht nahm schließlich überhand. Amais anfänglich stillschweigendes Versprechen, ihrem Liebesgefährten eine ihm alles erfüllende Partnerin zu sein, endete, als sie seine besitzergreifenden Erwartungen nicht mehr ertrug.

Im Laufe der Monate, in denen sie begriff, dass ihr Wunsch nicht erfüllt werden würde, begann sie ihn abzuwerten und sich innerlich von ihm zurückzuziehen. Letztlich musste er das gespürt haben. Sie hatte ihn klein gemacht aus Enttäuschung über seine Schwäche, sich ihr nicht ebenso ausliefern zu wollen, wie sie es für ihn zu tun bereit gewesen wäre.

›Was habe ich aus all dem mitgenommen?‹, fragte sie sich an diesem Frühlingsmorgen. ›Ich trage für meine Gefühle und mein Leben ganz allein die Verantwortung. Niemand ist dazu da, meine Bedürfnisse zu erfüllen. Die Erwartung, dass ein anderer mir das geben müsste, was mir vermeintlich zusteht, ist eine Täuschung. Ich bin erwachsen und selbst dafür verantwortlich, dass ich mich wohlfühle.‹

Ihre Loslösung von Tomás erfolgte, als die rechte Zeit gekommen war. Amai war klar geworden, wie wenig sie mit diesem Mann ihre eigene Stärke würde leben können. Sie spürte auch, dass sie von der Fähigkeit, selbstlos zu lieben, noch weit entfernt war. Trotzdem empfand sie auch Dankbarkeit. Durch die Kraft der körperlichen Vereinigung hatte sie die süße, verschmelzende Liebe wieder erlebt, die zwischen Menschen sonst nur in der innigen Verbindung zwischen Mutter und Kind möglich war und als lebenslange Sehnsucht fortbestand. Die Liebe zu Tomás gehörte zu ihrem Leben und hatte ihr wieder ihre tiefste Angst offenbart: das unsägliche Gefühl, nichts wert zu sein und darum verlassen zu werden.

Amai setzte sich vor das Haus auf den erdigen, feuchten Boden und betrachtete ihre Hände. Die Linien in ihren Handflächen waren fein und klar gezeichnet und strahlten eine ihnen innewohnende Ordnung aus. Was war es, was sie sich am meisten wünschte? Stand es etwa in ihrer Hand geschrieben, wie manche glaubten? Aus ihrem Inneren perlte eine Ahnung hoch und formte sich zu einem Wort: Furchtlosigkeit. Damit verband sie grenzenlose Freiheit. Ja, Freiheit, dies war vielleicht die Sehnsucht, die sie verspürte. Eine freiheitliche, ausgewogene Ordnung zwischen Völkern und Menschen, zwischen Mann und Frau, zwischen der männlichen und weiblichen Kraft in ihr selbst.

Nach der Trennung von Tomás hatte sie die Stadt verlassen und sich eine Tagesreise entfernt auf dem Land niedergelassen. Dort verdiente sie ihren Lebensunterhalt mit der Heilkunst ihrer Hände. Und sie widmete sich endlich wieder den vertrauten Übungen der Schule, die sie in der Stadt immer mehr vernachlässigt hatte, nicht zuletzt, weil Tomás dies missbilligt hatte. Er hatte vielmehr versucht, ihr seinen eigenen Weg nahe zu bringen und sie darin zu unterweisen. Er wollte sie vorsichtig, doch mit Nachdruck davon überzeugen, dass seine Belehrungen, die er auch einer Gruppe von Schülern weitergab, den Lehren ihres Meisters überlegen seien und sein Weg der einzig richtige wäre. Und seine Schüler, darunter auch solche mit Ansehen und Bildung, waren, obwohl sie von seiner Gewalttätigkeit wussten, mehr um ihre Geltung beim Lehrer bemüht, statt zu begreifen, dass so ein Mensch kein Vorbild, geschweige denn ein Lehrer sein konnte. Tomás war ein falscher Meister. Einer, der sich seine eigenen Gesetze schuf und in einer verzerrten Welt lebte, in die er auch die Menschen hineinzog, die ihm vertrauten.

Was ihr am Anfang ihrer Freundschaft nur natürlich erschienen war, nämlich dass sie alles mit dem Geliebten teilen wollte, rief im Lauf der Zeit ein Gefühl des Eingesperrtseins in ihr hervor. Hatte nicht Meister Dorje immer wieder betont, dass man Zweifel an Schulen und Lehren haben sollte, die im Menschen den Eindruck von Unterordnung und Enge hervorriefen? Doch in ihrem Zusammensein mit Tomás hatte sie erst allmählich begriffen, was mit ihr geschah und warum sie sich immer leerer und kraftloser fühlte. Das Lied in ihrem Herzen und auf ihren Lippen war immer leiser geworden. Sie war keine freie Löwin, sondern beinahe eine Gefangene geworden. Seit der Trennung war ihr mehr und mehr klar geworden, wie sehr ihre natürliche Verbundenheit mit der Welt darunter gelitten hatte, weil sie selbst es zugelassen hatte, dass sie unterbrochen wurde und sie mehr Tomás' Überzeugungen als ihrer inneren Stimme vertraute. War dies ein Grund, warum sie Meister Dorje fortgeschickt hatte? Weil sie solche Erfahrungen in der geschützten Atmosphäre der Schule niemals hätte machen können? Aber wie konnte er sicher sein, dass sie sich darin nicht verlor? Und wo war die furchtlose Freiheit zu finden, deren Ruf sie vernahm?

Amai erhob sich und schüttelte die Erde von ihrem Kleid. Bald würden die ersten Kranken kommen, um Rat und Hilfe zu erbitten, hatte sich ihr Ruf als Heilkundige doch rasch in der Gegend herumgesprochen. Jeden Tag gedachte sie dankbar ihrer Großmutter Elia, die sie in das Pflanzenwissen eingeführt hatte, das ihr nun das Überleben sicherte. Am Nachmittag bündelte sie sorgfältig getrocknete und frische Pflanzen und packte sie in ihre Körbe. Sie ging zeitig schlafen, weil sie am nächsten Morgen in die Stadt aufbrechen wollte, um das gesammelte Wurzel- und Kräuterwerk auf dem Markt anzubieten.

Noch vor Tagesanbruch bestieg sie einen Bus, der sie in die Stadt brachte. Der Frühling überzog das Land mit sattem Grün. Auf dem Markt wimmelte es wie gewöhnlich von hektischer Geschäftigkeit. Die Menschen waren unbekümmert und heiter. Amai konnte sich nicht beklagen. Ihre Kräuter waren in der Stadt beliebt und sie hatte schon einige Münzen in ihren Beutel gesteckt.

»Ich möchte bitte ein Büschel Frauenmantel und Goldrute kaufen!«, sagte eine helle Mädchenstimme vor ihren Körben.

Amai schaute von ihrem Buch auf.

Das Mädchen hielt ihr zwei Geldstücke hin und Amai wickelte die gewünschten Heilpflanzen in eine Zeitung und überreichte sie der Käuferin.

Es durchfuhr sie wie ein Blitz, als sie aufschaute und ihr Blick auf die Kette fiel, die das Mädchen um den Hals trug. Es war dieselbe Kette mit demselben Anhänger, die ihr einst von einem dreisten Dieb gestohlen worden war. Woher mochte das Mädchen das Schmuckstück nur haben? Sie musste unbedingt wissen, wer dieses Mädchen war! Rasch breitete sie ein Tuch über die Körbe und folgte dem Mädchen, das seinen Weg über den Marktplatz bereits fortgesetzt hatte. Es trug ein gut geschnittenes Kleid aus feinem Tuch. Amai folgte ihm unauffällig durch die Gassen der Stadt, was unter den schwatzenden und lachenden Menschen an dem strahlenden Tag nicht schwer war. Vor einem hohen Stadthaus blieb das Mädchen stehen und läutete die Glocke. Wenig später wurde ihr geöffnet und sie verschwand darin. Amais Herz klopfte heftig. Konnte sie es wagen, Einlass zu verlangen? Noch während sie überlegte, öffnete sich zum zweiten Mal die schwere Holztür und ein junger Mann trat auf die Straße. Sein Blick fiel auf Amai und blieb an ihr hängen. Einige Augenblicke starrte er sie an und Röte schoss ihm ins Gesicht.

Moru wusste, nur wenige Schritte von ihm entfernt stand die junge Frau, die er damals im Park bestohlen hatte. Er hatte sie sofort wiedererkannt, weil er den beschämenden Vorfall und die Enttäuschung im Gesicht seines Herrn niemals vergessen hatte, als er unverrichteter Dinge zurückgekehrt war.

Nach kurzem Zögern überwand er sein Unbehagen und sprach sie an: »Verzeihen Sie bitte. Darf ich offen zu Ihnen sprechen und fragen, warum Sie vor diesem Haus warten?«

Noch ehe sich Amai von ihrer Überraschung erholt hatte, fuhr er fort: »Ich schäme mich, aber jetzt scheint es endlich an der Zeit, getanes Unrecht einzugestehen.«

Amais Augen weiteten sich in ungläubigem Staunen, da auch sie begann, sich an den Jungen zu erinnern, der inzwischen zu einem stattlichen jungen Mann herangewachsen war.

»Was möchtest du mir sagen?«, forderte sie ihn auf.

Moru schilderte verlegen, was sich an jenem Tag ereignet und wie er sie nach der Zurechtweisung seines Herrn unter der Eiche vergeblich gesucht, doch nicht mehr gefunden hatte.

»Bitte erlauben Sie mir, dass ich Sie zu meinem Herrn bringe! Er wird sich freuen, Sie nach so langer Zeit endlich kennenzulernen. Und ich habe die Gelegenheit, mein unwürdiges Verhalten von damals wieder gutzumachen!«

Amai erinnerte sich, dass sie damals den Verlust ihrer kostbaren Kette und die Begegnung mit Tomás am selben Tag für ein Zeichen gehalten hatte. Nur hatte sich dieses Zeichen als der Beginn einer äußerst leidvollen Zeit erwie-

sen und sie war vorsichtig geworden. Auch Zeichen wollten mit einem wachen Geist aufgenommen und überprüft
werden.

Aber so flehend, wie der junge Mann sie anschaute,
spürte Amai seine ehrliche Absicht. So willigte sie schließlich ein und Moru klopfte wieder an die Haustür, die wenig
später von einem Dienstmädchen geöffnet wurde. In einem
großzügig angelegten Innenhof dufteten Rosen, ein brauner Hund lag träge in der Sonne und blinzelte. Bunte Blumen schmückten die Fenster der oberen Stockwerke. Moru
nickte ihr aufmunternd zu. Amai folgte ihm und sie stiegen
eine breite Holztreppe hinauf. In einem Arbeitszimmer saß
ein weißhaariger, alter Mann an einem Schreibtisch. Durch
die offenen Fenster floss Licht ins Zimmer. In einer Ecke
stand ein wuchtiges, mit großen bunten Kissen voll gepack-
tes Ledersofa. Neben Hunderten von Büchern beherbergte
das Zimmer Gegenstände aus vielen Kulturen der Welt,
Dutzende von Statuen, Masken und Symbolen schufen den
Eindruck einer geballt anwesenden Weltenseele.

Zaccaria blickte auf und musterte die Ankömmlinge.

Der junge Mann lächelte voller Zuversicht.

»Herr, ich möchte dir jemanden vorstellen, den du
schon lange kennenlernen wolltest. Hier bringe ich dir das
Mädchen, dem ich einst die Kette gestohlen habe. Erinnerst du dich? Eine glückliche Fügung wollte es, dass wir
uns vor deinem Haus begegnet sind.«

Der Alte erhob sich und trat auf die beiden zu. Sein
Blick traf Amai. Sie erschauderte. Hier stand, mitten in der
Welt der Kindermenschen, ein Mensch vor ihr, der nichts
mit ihnen gemein hatte. Menschen, die mit einer solchen
Gegenwart wie dieser Mann einen Raum erfüllten, war sie
nur in der Schule begegnet. All die Einsamkeit und die Erfahrungen der letzten Jahre, körperliche Liebe, Gewalt und

die Sehnsucht, die in ihrem Herzen beinahe verstummt war – all dies stand nun klar vor ihrem inneren Auge. Dieser hoch gewachsene, würdevolle Mann war wie ein Spiegel, in dem sie der bitteren Vergangenheit wieder ansichtig wurde. Ihre wahre Natur, die sie in der Schule für Momente erfahren und in der sie auf der Pilgerschaft in jener glückseligen Nacht versunken war, war mit den Jahren zur fernen Erinnerung verblasst.

Zaccaria bemerkte, wie erschüttert die junge Frau vor ihm war und bedeutete Moru mit kaum sichtbarer Gebärde, sich zu entfernen. Er zog einen Stuhl heran und Amai setzte sich. Kein einziges Wort war bislang zwischen ihnen gefallen. Zaccaria wartete.

Als sie sich wieder gesammelt hatte, begann er zu sprechen: »Liebes Kind, mit Worten kann ich nur schwer ausdrücken, wie sehr es mich freut, dass wir uns endlich begegnen. Ich heiße Zaccaria. Dies ist das Haus meiner Vorfahren und meiner Familie und es ist mir eine Ehre, dich als Gast zu empfangen. Aber sage mir, warum hat dich dein Weg in die Nähe meines Hauses geführt?«

Und Amai erzählte ihm ausführlich von dem seltsamen Zusammentreffen auf dem Markt.

»Der Anhänger war das letzte Geschenk, das mir meine geliebte Großmutter vor ihrem Tod anvertraute«, schloss sie und blickte Zaccaria freimütig an.

Der alte Mann saß aufrecht in seinem Lehnstuhl. Er war ein guter Zuhörer. Erst jetzt fielen Amai die edlen Züge seines Gesichts auf. Sein weißes, langes Haar wurde von einem Band zusammengehalten.

»Das Mädchen, das deinen Anhänger trug, ist meine jüngste Tochter. Nachdem es Moru damals nicht gelang, die Besitzerin ausfindig zu machen, habe ich den Anhänger Sophias Obhut übergeben. Als Moru mir die gestohlene Kette brachte, erkannte ich sogleich das Symbol meiner Schule und war deshalb überaus interessiert, ihre Eigentümerin kennenzulernen. War deine Großmutter eine Suchende in der Schule auf dem Berg?«

Amai nickte und fügte leise hinzu: »Auch ich habe einige Zeit bei Vater Dorje verbracht, ehe ich in die Welt geschickt wurde und mich beinahe darin verloren hätte. Durch das Zusammentreffen mit Euch fiel es mir wie Schuppen von den Augen, dass ich wegen der Liebe zu einem Mann beinahe die Stimme meines Herzens preisgegeben hätte. Vom ersten Augenblick an wusste ich, dass Ihr ein ungewöhnlicher Mensch seid. Ich bin so glücklich, dass ich Sophia gefolgt und Euch begegnet bin!«

So vergingen die Stunden des Nachmittags für Amai und Zaccaria in dieser Art von Zeitlosigkeit, die sich einstellt, wenn man sich dem lange Entbehrten endlich wieder nähert. Beim Abendessen wurde Amai Sophia vorgestellt, die den Grund ihrer Ankunft schon von Moru vernommen hatte. Die junge Frau überreichte ihr ein Holzkästchen. Amai öffnete den Deckel und erblickte auf einem violetten Samttuch die geliebte Kette. Ihre Freude war unaussprechlich. Amai nahm das Schmuckstück behutsam in die Hände, legte es sich um den Hals und verband glücklich die beiden Enden. Nach dem Abendmahl bat Zaccaria sie wieder in sein Arbeitszimmer und sie setzten ihr Gespräch bis tief in die Nacht fort. Als Amai schließlich in einem behaglichen Gästezimmer unter die Bettdecke schlüpfte, fühlte sie sich, als ob sie ein Stück Heimat zurückgewonnen hätte. War doch nach dem Verlust der Kette so vieles geschehen, was ihr inneres Lied beinahe zum Verstummen gebracht hätte! Der Wiedereintritt des heiligen Zeichens in ihr Leben ließ die Sehnsucht mit aller Kraft erblühen und Amai fiel in einen tiefen, erholsamen Schlaf.

Im Traum schwamm sie im Meer, gemeinsam mit einem ungeheuer großen Wal. Sie sprachen miteinander. Der Wal zog ruhig und majestätisch durch das Wasser. Irgendwann sagte er, er müsse jetzt auf den Ozean hinausschwimmen. Alleine. Sie aber möge nach Hause zurückkehren, weil sie ein Menschenkind sei und ihre eigene Bestimmung finden müsse. Er drohe zu sterben, wenn er weiter Richtung Küste schwimmen würde. Amai schwamm los. Hinter einer felsigen Landzunge erblickte sie das Ufer und gelangte schließlich heil auf festen Boden. Sie erkannte den Strand ihrer Kindheit, unter dessen alten Bäumen sie mit der Großmutter so oft in den sternenübersäten Nachthimmel geschaut hatte.

In den nächsten Tagen führten Zaccaria und Amai, wann immer sie freie Zeit fanden, ihre Gespräche weiter. Zaccaria erklärte ihr vieles über den Weg in der Bergschule, was ihr half, das Vergangene klarer einzuordnen. Zunächst erhalte der Suchende die Unterweisungen und nehme sie in sich auf. Später werde es zur wichtigsten Aufgabe, seinen persönlichen Weg durch vielerlei Arten von Erfahrungen zu finden. Zaccaria war auch der Mensch, dem sie eines Nachmittags ihre schmerzlichen Erinnerungen mit Tomás anvertraute, und der feinsinnige Mann erfasste rasch, warum ihre Liebe gescheitert war.

»Amai, in der Begegnung mit diesem Mann haben sich in einer einzigen Person für dich mehrere wichtige Erfahrungen konzentriert: leidenschaftliche Liebe, Abhängigkeit, Gewalt und am Ende machtlüsterne Vereinnahmung und Unterwerfung. So wurde deine innerste Sehnsucht wie ein Schwert im Feuerofen geschmiedet – und letztlich bist du daraus freier und stärker hervorgegangen. Doch es ist wahr, in diesem verzehrenden Feuer hättest du auch alles verlieren können.«

Er strich sich über das Haar.

»Menschen wie Tomás streben oft nach mächtigen Führungspositionen. Sie tragen ein tiefes Gefühl der eigenen Wertlosigkeit in sich, das sie vor sich selbst und ihrer Umgebung klug verbergen, indem sie ein trügerisches Scheinbild von sich erschaffen. Sie halten sich für unübertrefflich und einzigartig, erheben sich über alle anderen und stellen sich als Sieger auf den höchsten Berggipfel. Keiner kann neben ihnen bestehen. In ihrer Welt gibt es entweder gute Untergebene und Bewunderer oder Feinde und Versager. Wirkliche Nähe und Freundschaft kann ein solcher Mensch nicht zulassen. Missbilligung erträgt er nur schwer. Die dünne Fassade seiner Scheinwelt bekommt schnell Risse, wenn ihn jemand aus dem Kreis seiner Vertrauten in Frage stellt oder sich seinem Einfluss entzieht. Dies kann ihn in vernichtende Lebenskrisen stürzen. Er ist fortwährend darum bemüht, seine Größe herauszustellen und andere kleiner und unwissender zu halten. Dies geht so weit, dass er, fehlen tatsächliche Erfolge, Fantasien über seine Leistungen spinnen kann, die nur wenig mit der Wirklichkeit zu tun haben.«

Amai folgte seinen Ausführungen mit großer Betroffenheit, denn Zaccaria rief ihr exakt Tomás' Verhalten in Erinnerung.

Ihr Gastgeber beugte sich in seinem Stuhl vor und sah sie offen an.

»Andere Menschen dürfen neben ihm nur existieren, wenn sie helfen, sein Ansehen zu mehren, weshalb er oft Bewunderer und Schüler um sich schart oder als großartiger Liebhaber vielen Frauen seine Gunst schenkt. Andere Männer erlebt er vor allem als Konkurrenten und in seinem vermeintlichen Genius fühlt er sich kaum von jemandem verstanden. In der Liebe unerfahrene Frauen – wie du es damals gewesen bist – werden sich immer wieder um sein einsames, unverstandenes Herz bemühen. Doch werden sie letztlich an ihm scheitern, sobald sie beginnen, eigene Werte zu vertreten. Dann fühlt er sich bedroht und verstärkt seine verzweifelten Kontrollversuche, die bisweilen auch gewaltsam enden, wie du es unglücklicherweise erleben musstest. Nur jemand, der sich selbst nicht liebt, ist in der Lage, einen anderen gewaltsam zu verletzen.

Amai, du ahnst vielleicht schon, dass sich ein solcher Mensch nur dann verändern wird, wenn er ehrlich anerkennt, dass sein Selbstbild eine schillernde Seifenblase ist und sich dahinter ein bedürftiges Kind versteckt, das so geliebt werden möchte, wie es ist: mit all seinen Schwächen und Stärken, mit Talenten, aber eben auch mit Fehlern und Unvollkommenheiten wie eben dem Gefühl einer tiefen Wertlosigkeit. Ohne diese Einsicht wird sein Leben immer einsamer werden, weil sich ehemals vertraute Menschen nach und nach aus seinem Leben zurückziehen.«

Eines Abends, als sich die übrigen Hausbewohner nach dem gemeinsamen Abendessen zurückgezogen hatten, spürte Zaccaria die Zeit gekommen, Amai eine Frage zu stellen, die er schon lange mit sich herumtrug.

»Wie ist der Name deiner lieben Großmutter, Amai?«

Die junge Frau schaute überrascht von einem Buch auf, das ihr Zaccaria zum Lesen gegeben hatte.

»Sie heißt Elia. Sie war eine wunderbare Heilkundige und verstand die Herzen der Menschen.«

Zaccaria schluckte, hatte er die Antwort in seinem Herzen doch bereits gekannt. Im Raum breitete sich Stille aus. Amai war aufgestanden und betrachtete am Fenster den Abendhimmel, den die untergehende Sonne tiefrot färbte. Sie ahnte, dass hinter dieser Frage das Geheimnis des Mannes verborgen lag, der sich ihrer so unvoreingenommen angenommen hatte. Würde er zu ihr sprechen, mit ihr sein

Geheimnis teilen? Warum hatte er die Schule verlassen und warum lag in seinen braunen Augen manchmal ein so unaussprechlich wehmütiger Ausdruck? Nach langem Schweigen richtete sich Zaccaria in seinem Lehnstuhl auf und in seinem Gesicht standen Gram und Trauer geschrieben.

»Elia ist die einzige Frau, der mein Herz in diesem Menschenleben zutiefst verbunden ist.«

Seine Stimme zitterte.

»Doch ich war feige und schwach. Deine Großmutter kam aus einer einfachen Familie, ich hingegen war schon in meiner Jugend einer Frau aus herrschaftlichem Hause versprochen worden … Als ich mein Studium abgeschlossen und eine gute Arbeit an der Universität gefunden hatte, warteten beide Familien nur auf den Tag, an dem wir endlich unsere Vermählung bekannt geben würden.«

Zaccaria hielt inne, das Sprechen fiel ihm schwer.

»Ich empfand Zuneigung für meine zukünftige Gemahlin, die deutlich jünger war als ich. Dennoch hatte ich das Bedürfnis, mich vor unserer Hochzeit eine Zeitlang zurückzuziehen und meine Gefühle zu prüfen. Auf Anraten eines Freundes wählte ich die Schule auf dem Berg – und dort bin ich deiner Großmutter begegnet. Ich fühlte mich ihr sogleich tief verbunden … zum ersten Mal in meinem Leben liebte ich jemanden nicht um meinetwillen. Elia erwiderte nur zögerlich meine Gefühle, wusste sie doch, dass ich einer anderen Frau versprochen war und bald heiraten sollte. Doch wenn sich unsere Blicke unerwartet trafen, konnte ich in ihre Seele blicken und sie in meine …

Als junger Mann war ich zu stark vom Denken und der Erziehung meiner Herkunftsfamilie geprägt, als dass ich mich von den Fesseln gesellschaftlicher Erwartungen hätte befreien können. Ich wagte es nicht, mich gegen die Familie zu stellen, was auch bedeutet hätte, auf das Erbe zu verzichten. So kehrte ich nach einigen Monaten in die Stadt zurück und die Vermählung fand statt. Meine Gemahlin war mir bis zu ihrem plötzlichen Tod vor zwei Jahren eine liebevolle, treue Gefährtin, doch mein beharrliches Streben nach der Wirklichkeit des Lebens und der wahren Natur des Menschen konnte sie nicht verstehen. Deine Großmutter habe ich später nie mehr gesehen. Ich hörte nur, dass auch sie die Schule verließ und eine begnadete Heilerin geworden war. Bis heute halte ich jeden Tag in meinem Herzen mit ihr Zwiesprache.«

Amai wandte sich um und ein Blick voller Sehnsucht traf sie. Die nackte Aufrichtigkeit, die in Zaccarias Augen lag, ließ sie den Schmerz und die Liebe erahnen, die dieser Mann noch immer für Elia in seinem Herzen trug.

»Als ich dich zum ersten Mal sah, mein liebes Kind, ahnte ich sofort, dass du ihre Enkelin bist. Eure Ähnlichkeit ist unverkennbar. Du besitzt die gleiche natürliche Anmut wie sie. Noch dazu erkannte ich damals sogleich ihren Anhänger, als Moru ihn mir brachte. Als es ihm nicht gelungen war, dich zu finden, fragte ich mich, wie oft ich die Verbindung mit Elia und ihrem Leben noch verlieren müsste, ehe ich wirklich dafür bereit sein würde, dass etwas ihres Lebens auch Teil des meinen werde. Ich habe niemals einer Menschenseele von der großen Liebe erzählt, die ich bis heute für sie im Herzen trage. Erlaube mir, Amai, dich auf deinem Weg, wohin er dich auch führen mag, mit allem, was in meiner Kraft steht, zu unterstützen. Fühle dich wie meine Tochter. Ich bin unendlich glücklich, dass dich dein Lebensplan zu mir geführt hat und ich endlich etwas von dieser Liebe weiterschenken darf.«

Amai war es, als ob sie schwebte, als sie langsam den Raum durchschritt und zu Zaccaria trat. Sanft ergriff sie seine feingliedrige Hand und schloss sie in den ihren ein.

Am Morgen erwachte Amai frisch und ausgeruht. Im Bett sitzend sang sie das Lied der Großmutter und all jener, denen sie sich auf dieser Erde zugehörig wusste. Ihre Kräuter hatte sie inzwischen fast vollständig verkauft. Während sie das lockige Haar zum Zopf bändigte, überlegte sie, wie ihre nächsten Schritte aussehen könnten, und nahm sich vor, darüber auch mit Zaccaria zu sprechen. Sie hatte sich mit Sophia angefreundet und fühlte sich in Zaccarias Haus sehr wohl, doch spürte sie auch, dass es bald an der Zeit wäre, wieder aufzubrechen und dem Ruf ihres Herzens zu folgen. Als sich wenige Tage später die Gelegenheit ergab, eröffnete sie ihm ihr Vorhaben. Zaccaria war betrübt, als er hörte, dass sie die Stadt schon wieder verlassen wollte. Insgeheim hatte er gehofft, dass sich Amai zumindest in seiner Nähe niederlassen würde.

»Wohin möchtest du denn gehen?«, wunderte er sich, wohl wissend, dass er das Mädchen ziehen lassen musste. Er durfte sie nicht festhalten. Amai erzählte ihm von ihrem Traum in der Einsiedelei, dessen eigentümliche Bauwerke sie niemals vergessen hatte.

»Weißt du, ob ein solches Gebäude existiert und wo es sich befindet, Zaccaria? Ich möchte so gerne dorthin gehen und herausfinden, was es mit meinem Traum auf sich hat.«

Er nickte bedächtig. Dann erhob er sich, stieg auf einen Stuhl und holte ein verstaubtes Bild aus dem obersten Regal.

»Ähnelt das Bauwerk dem aus deinem Traum, Amai?«, fragte er sie und hielt ihr eine alte Fotografie hin.

Amai stockte vor Überraschung der Atem.

»Ja, es sieht dem Haus in meinem Traum wirklich verblüffend ähnlich! Wo ist es, Zaccaria?«

»Diese Gebäude werden Pyramiden genannt und wurden auf einer Halbinsel im östlichen Mexiko entdeckt«, erklärte Zaccaria. »Sie gehören zu einer sehr alten Kultur. Die Wissenschaft ist gerade erst dabei, die Ruinenstädte der Maya zu erforschen. Um sie zu finden, musst du dich nach Nordosten wenden. Aber es ist eine lange Reise.«

Zaccaria kratzte sich zweifelnd hinter dem Ohr. Doch als er das Leuchten in Amais Augen sah, ahnte er, dass er sie nicht davon abhalten konnte. Nun wusste Amai, wohin sie gehen wollte.

»Danke, Zaccaria! Ich danke dir so sehr! Ich werde morgen gleich mit den Reisevorbereitungen beginnen«, rief sie ausgelassen und sprang auf. Ihr Herz schlug in freudiger Erwartung. Es konnte kein Zufall sein, dass die faszinierenden Bauwerke aus ihrem Traum tatsächlich existierten.

Mit dem Finger fuhr sie über eine schlanke, nackte Frauenfigur aus Sandelholz, die auf dem Schreibtisch stand.

Auch Zaccaria musste großes Fernweh in sich tragen, warum würde er sonst so viele Gegenstände aus fremden Kulturen zusammentragen? Was gaben sie ihm? Plötzlich wusste sie es: All diese Gegenstände waren Symbole für seine verlorene Liebe und hielten sie lebendig.

»Ja, das ist richtig«, bestätigte er versonnen, »all diese Figuren, Zeichen und Formen sind Symbole der Liebe.«

Da war der Donnerkeil aus dem Hochland im Himalaja, Symbol von Unzerstörbarkeit und männlicher Kraft, gepaart mit der Glocke der Weisheit als Symbol für das weibliche Geschlecht, die ineinander verschlungenen Liebenden, die indische Liebesgöttin Lakshmi, die griechische Aphrodite, die ägyptische Barke des Lebens, die unbeschadet die Wasser des Todes überquert und zur Unsterblichkeit führt.

Amai umarmte Zaccaria, küsste ihn auf die Wange und verließ leise den Raum.

Am übernächsten Tag bat Zaccaria Amai um ein Gespräch.

»Ich habe in der letzten Nacht lange wach gelegen und nach einer guten Lösung für dein Vorhaben gesucht. Ich möchte gern, dass dich Moru auf deiner Reise begleitet, dann wäre ich weniger um dein Wohlergehen besorgt. Ich werde euch ausreichende Reisevorräte mitgeben.«

Zaccaria dachte im Stillen, dass der zurückhaltende, scheue Junge, den er auf Bitten seiner Frau vor sechs Jahren in sein Haus aufgenommen hatte, in dieser ungewöhnlichen Lebenssituation ebenfalls die Möglichkeit hätte, sich neu zu erfahren. Obwohl er sich sehr um ihn bemüht hatte, wirkte der Junge nach wie vor unzugänglich und verloren. Vielleicht würde Moru auf der Reise die Unsicherheit abstreifen können, die ihn bisher davon abzuhalten schien, eine klare Entscheidung für sein eigenes Leben zu treffen.

»Ach, Zaccaria, du bist so gut zu mir. Es ist, als wenn mich Großmutter zu dir geführt hätte, um mich zu beschützen.«

Moru freute sich darauf, mit Amai ins Unbekannte aufzubrechen, und beide machten sich eine Woche später auf den Weg. Stolz trug Moru das rote Halstuch, das ihm Zaccaria zum Abschied geschenkt hatte. Der Hausherr und Sophia winkten ihnen nach, bis sie ihren Blicken entschwunden waren.

In überfüllten Bussen reisten Amai und Moru tagelang die Küste entlang nach Norden. Später überquerten sie auf schwindelerregenden Höhenstraßen die Anden. An geruhsameren Tagen wanderten sie durch Wälder und auf Feldwegen von Dorf zu Dorf und sammelten Nahrung. Dabei kam ihnen das praktische Wissen, das Amai bei ihren pilgernden Weggefährten erworben hatte, reichlich zugute. Für andere Notwendigkeiten hatte ihnen Zaccaria einen Beutel mit Geld gegeben, dessen eine Hälfte Moru gewissenhaft unter seiner Jacke verbarg. Erleichtert stellten sie fest, dass sie sich in den Ländern, die sie durchquerten, mit den Menschen zumeist in ihrer eigenen Sprache verständigen konnten. Miteinander sprachen sie eher wenig, nicht zuletzt, weil Moru Fragen nach seiner Herkunft und Vergangenheit mit abweisender Miene aus dem Weg ging.

Als sie endlich wohlbehalten das Land erreichten, das Mexiko genannt wurde, fragten sie die Menschen nach den merkwürdigen Gebäuden, die Zaccaria ›Pyramiden‹ genannt hatte. Die meisten schüttelten bedauernd den Kopf. Nur wenige, zumeist freundliche Menschen vom Volk der Maya, nickten bedeutungsvoll und wiesen ihnen den Weg. So reisten sie geduldig weiter und nahmen die vielen fremden Eindrücke in sich auf, bis sie ihr Weg zuletzt mitten durch die Halbinsel Yucatán führte. An einem warmen, trockenen Sommerabend gelangten sie schließlich in ein Dorf der Maya, in dessen Nähe sich eine alte Ruinenstätte befinden sollte. Von den Bewohnern wurden sie neugierig beäugt und bald umringte sie eine fröhliche Kinderschar. Durstig und erschöpft ließen sie sich am Dorfbrunnen nieder. Alsbald näherte sich eine Frau mit wettergegerbtem Gesicht, schöpfte frisches Wasser in eine blecherne Tasse und reichte sie ihnen. Interessiert fragte sie die beiden nach dem Grund ihres Kommens.

Amai erzählte es ihr.

Die Frau wiegte ihren Kopf hin und her und fragte dann, ob sie die Nacht im Dorf verbringen wollten.

Sie folgten ihr durch die erdigen Straßen bis zu einer runden Hütte aus getrockneten Palmzweigen. Hühner, Katzen und eine meckernde Ziege liefen unbekümmert umher. Die Mayafrau reichte jedem einen üppig beladenen Teller mit Mais, Bohnen und Fleisch, den die beiden Wanderer hungrig verzehrten. Gelegentlich streckten Nachbarsfrauen mit ihren Kindern kichernd die Köpfe herein und tauschten miteinander in ihrer wohltönenden Sprache ein paar Worte aus.

»Ihr sucht also die Pyramiden?«, fragte Nayeli, die ihnen gegenüber auf einem Teppich Platz genommen hatte und ein Kind in ihren Armen wiegte. »Wisst ihr denn, dass diese uralten Stätten heilige Plätze unseres Volkes sind? Deshalb müsst ihr euch ihnen in einer besonderen Gemütsverfassung nähern, damit sie sich euch öffnen und ihre Kraft erfahrbar wird.«

»Nein«, erwiderte Amai überrascht, »ich bin nur der Sehnsucht meines Herzens gefolgt. Kannst du uns mehr über diese Bauwerke sagen, die mich so stark anziehen, dass ich aus meinem Heimatland Chile bis hierher gereist bin.«

Die Mayafrau ließ ihren Blick lange auf Amai ruhen, ehe sie zu erzählen begann.

»Vor mehreren tausend Jahren waren die Pyramiden der Mittelpunkt der hohen Kultur unserer Vorfahren, die sich vor mindestens 3000 Jahren nach der Zeitrechnung der Christen bis ins 16. Jahrhundert, also bis zur Ankunft der spanischen Eroberer, entwickelte. Sie wurden von kundigen Baumeistern nach den Gesetzen heiliger Zahlen errichtet. Aufgrund ihrer besonderen Bauweise und der darin vollzogenen Rituale tragen sie große Kraft in sich. Inzwischen liegen die meisten Ruinen im Urwald verborgen, aber wir haben niemals die Verbindung zu den Stätten unserer Vorfahren verloren. Auch in anderen Ländern wurden vor langer Zeit Pyramiden erbaut. Eines davon heißt Ägypten und liegt in Afrika. Pyramiden wirken auf vielerlei Weise. Wie sie im äußeren Kosmos das Wetter günstig beeinflussen, geleiten sie im inneren Kosmos das Menschenherz zu tieferen Einsichten, wenn es dafür offen und bereit ist.«

Und so wurden in der kleinen Mayahütte noch lange Geschichten ausgetauscht und Leckereien genascht, bis allen die Augen zufielen und sie sich ihr Nachtlager richteten, zufrieden darüber, neue Freunde gefunden zu haben. Amais letzter Eindruck vor dem Einschlafen war offene Überraschung darüber, wohin sie ihr einstiger Höhlentraum geführt hatte

Neumond schien Amai ein guter Auftakt für den Besuch der ersten Pyramidenstätte. Früh erwacht, mischte sie noch im Morgengrauen frisches Brunnenwasser mit seltenen Kräutern und zerriebenen Edelsteinen, wollte sie doch jedem der besuchten Plätze eine besondere Gabe darbringen. Sie war still und in sich gekehrt. Nayelis eindringlicher Rat, sich in den alten Ruinen ihres Volkes Zeit zu nehmen und sich mit ihnen vertraut zu machen, hatte auch Moru nachdenklich gemacht. Zum Frühstück löffelten sie aus einer Schale dampfenden Bananenbrei mit fremdartigen, süßen Gewürzen. Danach zeigte ihnen Nayeli einen ausgetretenen Pfad durch den Wald, auf dem sie nach Ekbalam gelangen konnten. Dunkle Wolken hingen am Himmel.

Eine Zeitlang liefen sie durch dichtes Gestrüpp und Buschland, als sich der Weg plötzlich zu einem weiten Platz hin öffnete und ein unglaublich hohes Gebäude vor ihnen aufragte. Außer ihnen war niemand zu sehen. Sprachlos standen sie vor einer stufenförmigen, mehrstöckigen Pyramide. Ein riesiger, aufgerissener Raubtierrachen aus Stein starrte ihnen in der Mitte des Gebäudes entgegen. Also war es kein Zufall, dass Ekbalam in der Mayasprache ›Schwarzer Tiger‹ bedeutete, wie Nayeli ihnen erklärt hatte! Von den Seiten blickten menschenartige Wesen mit Flügeln herab. Amai erinnerten sie an die Engel, die sie in Kirchen gesehen hatte. Eine breite, von Unkraut überwucherte Treppe führte nach oben. Vorsichtig kletterten sie Stufe für Stufe die Pyramide hinauf. Oben kauerte sich Amai überwältigt auf die kleine Plattform und betrachtete die übrigen Gebäude, die den Platz zu Füßen der Pyramide einsäumten und das endlos weite Buschland, als unvermittelt ihre Stimmung umschlug. Eine düstere Schwere kroch in ihr hoch und breitete sich wie ein Krake in ihrem Körper und ihrem Geist aus. Es roch förmlich nach Tod. Je länger Amai auf der Pyramide saß, umso mehr verstärkte sich in ihr die Empfindung, dass an diesem Ort viele Menschen und merkwürdigerweise auch sie selbst gestorben seien und im Todeskampf schreckliche Angst gelitten hätten. Sie schienen lebendig begraben worden und erstickt zu sein. Am liebsten wäre sie schnell davongelaufen. Mittlerweile hatten sich Wolkenberge vor die Sonne geschoben und erste Regentropfen fielen auf das ausgedörrte Land.

Amai kam Nayelis Rat in den Sinn, sich einen Ort vertraut zu machen. Sollte sie dieses bedrohliche Gefühl zulassen und an dem dunklen Ort weiter ausharren? Ganz unmöglich schien es nicht. Ihr Herz lauschte.

Moru hingegen machte sich an den Abstieg. Amai bedeutete ihm, dass sie trotz des beginnenden Regens noch eine Weile bleiben wolle. Ihr Begleiter schüttelte nur unwillig den Kopf, kletterte eilig die schmalen Stufen hinunter und verschwand aus ihrem Blickfeld.

Der Regen wurde immer heftiger und prasselte hart auf ihren dünnen Regenumhang. Dann war sie allein auf der Pyramide. Für eine lange Zeit. Sie tauchte ein in eine zeitlose Welt voller zusammengeballter, gefangener Kraft. In ihrer Not stimmte Amai das Kristalllied an. Trauer, Entsetzen und Angst umklammerten ihre Kehle, und ihr Atem ging schwer. Sie sah vor ihrem inneren Auge ungezählte Menschen mit ausgestreckten Armen verzweifelt um Hilfe schreien. Diesen Menschen war im Leben der freie Ausdruck versagt worden. Sie hatten in Unterdrückung gelebt und sich nicht gegen erlittenes Unrecht gewehrt. Sie hatten nicht genug Mut gehabt, für ihre Überzeugungen einzustehen. So wurden sie immer enger eingeschnürt, ihre Kehle, ihre Stimme, ihr Hals … ihr ganzes Dasein. Unter dem Wolkenbruch, nur geschützt von ihrem gelben Kapuzenumhang, sang Amai wieder und wieder das heilige Lied, gab die Wesen innerlich ins Licht und ersehnte für sie die Befreiung von alten Fesseln. Und tatsächlich – nach und nach entstand um sie herum allmählich eine Atmosphäre von Erleichterung.

Amai tropfte die zubereitete Kräutermischung auf die nassen Steine der Pyramide und nahm selbst auch einen Schluck davon. Sie meinte sich zu erinnern, dass es manchmal in alten Zivilisationen grausamer Brauch gewesen war, bei Ritualen für die Götter Menschen zu opfern oder die Ehefrauen von Verstorbenen lebendig mit ihnen einzumauern. Ihr Herz floss über und sie flehte um die Kraft der vergebenden Liebe für alle in Todesangst gefangenen, unerlösten Wesen.

Die Zeit verstrich und das Unglaubliche geschah: Unaussprechliches Leid verwandelte sich langsam in Freude und Dankbarkeit.

Vor langer Zeit hatte die Großmutter einmal erwähnt, durch das Lied des Kristalls würde eine Verbindung zwischen Himmel und Erde geschaffen. Vergebung und Liebe waren durch das Lied und die reine Absicht eines lebendigen Menschenherzens nach Ekbalam gekommen, mitten hinein in den verschlingenden Rachen des Tigers.

Obwohl sich die Atmosphäre spürbar verändert hatte, hegte Amai leise Zweifel und bat um ein Zeichen, dass sie sich all dies nicht nur eingebildet hatte. Nur wenig später hörte der Regen auf. Der Wolkenhimmel riss auf und gleißendes Sonnenlicht brach durch; das Land und die heilige Stätte vibrierten im Licht der Strahlen. Zwei Regenbögen überzogen den Himmel. Dies war für Amai Zeichen genug; denn Regenbögen bildeten seit jeher ein Tor zwischen den Welten. Ekbalam verströmte nun ausgelassene Freude und Festtagsstimmung. Die alten Maya und alle vormals gefangenen Wesen stiegen lächelnd aus der Erde empor und die Himmelsleiter hinauf. Die Sonne überflutete das Land und der Duft feuchter, warmer Erde lag in der Luft. Frieden und Liebe waren überall spürbar. In Übereinstimmung mit den Gesetzen der unsichtbaren Welt war Heilung erfolgt.

Amai stieg die steilen Stufen der Pyramide hinunter und suchte Moru. Er hatte unter dem Dach eines Steinhauses vor dem Regen Zuflucht genommen und wartete schon auf sie, erleichtert, dass ihr unter dem Wolkenbruch nichts zugestoßen war. Noch lange durchstreiften sie jeden Winkel des verwunschenen Ortes und kehrten erst spät am Nachmittag ins Dorf zurück. Nayeli erwartete sie schon mit köstlichem Essen. Ihr forschender Blick blieb Amai nicht verborgen.

Abends lachten sie mit den Kindern, die allerlei kecke Kunststücke vorführten, und bestaunten die Handarbeiten der Frauen. Endlich legten sie sich in der Kammer zum Schlafen nieder. Die Nacht war in dem abgelegenen Dorf voller fremder Geräusche, sodass Amai noch lange mit offenen Augen in die Dunkelheit schaute und ihren Gedanken nachhing. Was war auf der Pyramide geschehen? Welche uralten Ängste waren dort erwacht? Sie erinnerte sich an Augenblicke, in denen sie dem Tod nahe gewesen war oder eine Entscheidung getroffen hatte, die ein inneres Sterben und einen Abschied von allem erforderte, was ihr lieb und teuer war. Als sie zwölf Jahre alt war, hatte ihr die Großmutter von dem schrecklichen Unfall erzählt, bei dem ihre Mutter lebensbedrohlich verletzt wurde. Amai befand sich damals noch ungeboren in ihrem Leib. Sie konnte gerade rechtzeitig aus dem Mutterbauch geschnitten werden, ehe diese aus dem Leben schied. Der verzweifelte, hilflose Vater hatte das Neugeborene nach dem Verlust seiner Frau Großmutter Elia übergeben und in seinem Gram das Dorf verlassen.

In der Tiefe der Nacht fragte sich Amai, wie ein Ungeborenes solch einen lebensbedrohlichen Schock wohl aufnehmen mochte? Amai erinnerte sich an ihre Träume, in denen sie aus ihrem Körper ging, an ihr wiederkehrendes Gefühl, auf der Erde nicht heimisch zu sein, ihren Eindruck, keinen Platz zu haben und wieder zurückgehen zu wollen. Die gewaltsame Einwirkung im Mutterleib hatte vielleicht eine tiefere Wunde in ihrer Seele hinterlassen, als ihr bislang bewusst gewesen war.

Amai dachte auch über Moru nach, der sie so treu begleitete, sich ansonsten aber scheu zurückhielt und wenig von sich mitteilte. Welchen Schmerz mochte er durchlitten haben?

Eingetaucht in die schwarze Nacht in der mit Palmzweigen bedeckten Mayahütte, den ruhigen Atem ihres Begleiters neben sich, tauchte plötzlich ein ganz anderes Bild auf. Nach dem Tod der Großmutter hatte sie eine Frau aufgesucht und sie um Hilfe gebeten. Die Frau war eine Hellsichtige, die der überraschten Amai mit verblüffender Genauigkeit Einzelheiten aus ihrem bisherigen Leben berichtet und auch über frühere Leben erzählt hatte. So sei sie einmal im fernen Indien als junge Frau zusammen mit ihrem um viele Jahre älteren, verstorbenen Mann lebendig im Grab eingemauert worden und unter entsetzlichen Qualen gestorben. Solche Erzählungen über vormalige Leben hatten Amai bislang kaum interessiert und sie hatte die Geschichte wieder vergessen – bis zu diesem Augenblick, in dem sie in die tiefe Leere der Nacht hineinlauschte und die erstickende Todesangst, die sie am Nachmittag erfahren hatte, noch immer in ihr nachhallte. Musste Ekbalam erst den verwundeten Tiger in ihrer Seele aufwecken, damit er aus seiner Angst erlöst und befreit werden konnte?

Wie oft hatte Meister Dorje betont, dass die Welt der Energie in der sichtbaren Welt kaum bekannt sei und die Menschen nur wenig damit umzugehen wüssten. Dennoch sei sie ebenso wie der Körper und die Gedankenkräfte ein gleichwertiger Existenzbereich.

In der Morgendämmerung wurde Amai durch fröhliches Vogelgezwitscher geweckt. Noch unter der warmen Decke bemerkte sie, dass sich etwas in ihrem Körper verändert hatte. Ihr Atem hatte förmlich Lust daran, in sie hineinzuströmen. Alles fühlte sich ungewöhnlich frei an. Da gewahrte sie erst, wie sehr sie bisher daran gewöhnt gewesen war, in einengender Angst zu leben. ›Letztlich geht es nur darum, sich dem Fluss des Lebens anzuvertrauen‹, dachte sie. ›Das ganze Leben dreht sich um Loslassen und Hingabe. Sich zu öffnen ist eine lebenslange Übung, bis ich mich, mein Leben und meinen Körper am Ende hingebe und den letzten Atemzug verströme, hinein in das größere Sein.‹

Wie schon am Vorabend saß eine schwarz getigerte Katze wachsam auf einem Baum vor der Hüttentür. Amai liebte das unabhängige, in sich ruhende Tier, das auch im Schlaf gleichzeitig aufmerksam und entspannt war. Die samtene Katze, die auf weichen Pfoten anmutig über Felder und Wiesen stromerte, lebte wirklich jeden Moment.

Sie badete im nahen Bach. Das klare Wasser streichelte ihre Haut und vertrieb die letzten Reste von Müdigkeit. Nachdem sie in ihr Kleid geschlüpft war und das Bündel zusammengepackt hatte, brachen sie auf, um nach Chichén Itzá zu wandern. Die Mayafrau hatte ihnen das Heiligtum des gefiederten Schlangengottes als nächsten Ort ans Herz gelegt. Zum Abschied erwähnte Nayeli beiläufig, dass manche heilige Stätten ihres Volkes dem Menschen als reinigende Schwelle dienten, auf der sie, unter der Bedingung, sich mit ganzem Herzen darauf einzulassen, von verborgenen Ängsten befreit würden. Amai war durch ihre Worte merkwürdig berührt. Sollte Nayeli von ihren Erfahrungen auf der Pyramide wissen?

Unterwegs sprachen die Weggefährten wenig. Als sie nach drei Tagesreisen frühmorgens das Heiligtum erreichten, erwachte Chichén Itzá, der ›Mund der Quellen von Itzá‹, erst langsam in der Morgensonne. Ein paar Maya wohnten in der Nähe der alten Kultstätte. Die große Pyramide beherrschte den weitläufigen Platz, auf dem sie stand. Unter dem blauen Himmel war sie in ihrer heiteren, vollkommenen Symmetrie der Inbegriff einer von Menschenhand erschaffenen Schönheit. Von allen vier Seiten führten Freitreppen hinauf zum Priestertempel der gefiederten Schlange. Die neunstufige Pyramide schien wie aus einem Stein gegossen. Der ›Mund der Quellen von Itzá‹ war wahrhaftig ein strahlender Mittelpunkt, wie auch das Herz des Menschen das Zentrum des Körpers bildet. Amais eigenes Herz blieb jedoch trotz all der prachtvollen Schönheit stumm.

Auf der Ostseite der Pyramide entdeckten sie zwei riesige, in Stein gemeißelte Schlangenköpfe. Von dort führte ein eingewachsener Pfad an einem niedrigen Tempel vorbei durch ein Wäldchen zu einem Cenote, einem heiligen Wasserloch. Cenotes waren natürliche Wasserteiche und hatten in alter Zeit der Wasserversorgung und rituellen Handlungen gedient. Als Amai am Rand des klaren, tiefen Wassers stand, erschauderte sie; der glitzernde Teich musste den alten Maya kostbar und heilig gewesen sein. Sie setzte sich in den Schatten eines Baumes, und ihr Blick verlor sich in dem blaugrün schimmernden Wasser. Auf seiner Oberfläche nahm sie einen Wirbel wahr, der sich langsam ausbreitete. Alles drehte sich immer schneller in seinem kreisenden Strudel. Leise stimmte sie das Lied des Kristalls an. Ihr Bewusstsein schien von dem Wirbel nach innen gezogen zu werden und wurde selbst durchlässig wie ein Kristall. Einen Moment lang öffnete sich eine Tür zu ihrem Innersten und Amai fühlte eine ungeheure Leere in ihrem Herzen. Verwirrt tauchte sie daraus wieder auf.

Moru begleitete sie zur gegenüberliegenden Seite der Ruinenstätte, wo sich ein zweiter Cenote befand. Unterwegs kamen sie an verfallenen Gebäuden vorbei. Beide Wasserteiche bildeten offenbar die Endpunkte einer Linie, auf deren Mitte die große Pyramide stand. Nayeli hatte erwähnt, sie würden der Pyramide erst ihre Kraft verleihen, auf dieselbe Weise, wie sich auch im Menschen männliche und weibliche Kräfte verbinden müssten, um ein schöpferisches Werk hervorzubringen. Der Wasserteich lag verborgen in einem Wald. Amai setzte sich auf den moosigen Waldboden und sang wieder das Lied.

Inmitten der Bäume am heiligen Wasser entspannte sie sich mehr und mehr. Sonnenstrahlen fielen durch die Blätter auf die ruhige Wasseroberfläche. Woher kam nur diese Leere in ihr? Sie war von ganz anderer Art als jene Erfahrung von erfüllter Leere beim stillen Sitzen. Dies war eine Leere, in der etwas fehlte.

Reglos saß Amai auf dem Waldboden und fühlte in ihr Herz hinein, war bei ihm, ganz nah. Nach einer Weile lösten sich daraus, ganz ohne Zutun, dunkle Schatten und zogen davon wie schwarzer Rauch. Ihr Herz streckte und dehnte sich wie ein Vogeljunges in seiner gerade zerbrochenen Schale. Eine feine Anspannung hatte all die Jahre wie ein Schutzfilm ihr Herz beengt und die Ängste darin gefangen gehalten. Einmal hatte der Meister gesagt, dass wahre Liebe, bedingungsloses Vertrauen und Entspannung unabdingbar zusammengehörten. Damals hatte sie sich verwundert gefragt, was wohl Entspannung mit Liebe zu tun habe.

Doch ihr Herz lehrte sie nun: ›Ohne Entspannung bleibst du in deinen Verkrustungen, erstarrten Gewohnheiten und Ängsten gefangen. Entspannung und Vertrauen gehen Hand in Hand. Und ohne Vertrauen kann der Mensch nicht von seinem kleinen Ich loslassen und in das wirkliche Sein eintauchen. Vollkommenes Vertrauen bedeutet vollkommene Verwirklichung.‹

Sie begriff: Genau darum hatte sie im Kristallraum in der Anwesenheit von Meister Dorje ihre wahre Natur erfahren, weil sich ihr Herz voller Vertrauen auf ihn für eine Weile rückhaltlos geöffnet hatte.

Als sie aufstand, war die Leere in ihr weniger verwirrend.

Amai rief Moru, der Kieselsteine über das Wasser hüpfen ließ. Ihre Blicke trafen sich und Moru lächelte versonnen zu ihr herüber. Er wirkte gelassen und heiter wie selten. Die rastlose Eile, die ihn sonst antrieb, war verschwunden, und auch er schien in dem fremden Land und seiner ihm eigenen Geschwindigkeit angekommen. Zusammen liefen sie in den uralten Ruinen herum, und als sie wieder vor den Schlangenköpfen am Fuß der großen Pyramide standen, gesellte sich Citlalli, ein aufgewecktes Mayamädchen, zu ihnen. Neugierig fragte es Amai nach ihrem Geburtstag und staunte nicht wenig, als sie erfuhr, dass die junge Frau an einem der beiden Tage der Tag- und Nachtgleiche geboren war. Für ihr Volk waren dies heilige Festtage. Citlalli führte ihnen vor, wie sich an diesen beiden Tagen des Jahres bei Sonnenaufgang eine Schlange aus Licht an der großen Pyramide herabschlängelte. Die Maya versammelten sich dazu schon im Morgengrauen, um die Schlange der Lebenskraft an diesen Tagen besonders zu verehren.

Amai fragte das Mädchen nach den in der Erde verborgenen Grotten von Balankanché, von denen Nayeli ihnen in jener Nacht in ihrer Hütte ebenfalls erzählt hatte. Citlalli zeigte ihnen einen schmalen Weg durch den Wald und rang ihnen das Versprechen ab, die kommende Nacht bei ihrer Familie zu verbringen.

Die Sonne stand schon hoch am Himmel. Das trockene Buschland war menschenleer, nur ein paar unverdrossene Grillen zirpten. Nachdem sie über eine Stunde gelaufen waren, befürchteten sie schon, sich verirrt zu haben. Doch es blieb ihnen nichts anderes übrig, als dem Weg in der flirrenden Mittagshitze weiter zu folgen. Endlich trafen sie im kargen Schatten von Bäumen auf einige Mayamänner, die ihr Gespräch unterbrachen, sobald sie die Fremden erblickten. Moru fragte sie nach dem Zugang zur Grotte und einer der Männer erhob sich und winkte ihnen, ihm zu folgen.

Durch einen langen Höhlengang geleitete er sie mit einer Öllampe immer tiefer in die Erde hinein, bis sie vor einem großen Tropfstein in der Form eines riesigen, lachenden Schädels standen. Die Höhlen nahmen sie auf und auch Moru ließ seine anfängliche Zurückhaltung über diesen Besuch spontaner Begeisterung weichen. Die Atmosphäre wurde immer dichter. Dann führte sie der erdige Gang in einen Raum, dessen Kuppel in der Mitte von einer gewaltigen Tropfsteinsäule getragen wurde. Sie befanden sich in einer Kathedrale unter der Erde und waren stumm vor Staunen, während sie umherblickten. Jemand hatte um die natürlich gewachsene Säule unzählige Gefäße und Opfergaben verteilt. Der Mann winkte sie weiter. Der Weg ging noch viel tiefer in den Bauch der Erde hinein, führte durch spärlich mit Kerzen beleuchtete Gänge in eine kleine Höhle, deren hintere Seite mit einem unterirdischen Cenote abschloss. An der linken Wand waren wieder Schalen und Vasen sorgfältig aneinandergereiht.

Amai setzte sich und atmete tief. Wie ungezählte Menschen vor ihr brachte sie dem heiligen Raum im Mutterbauch der Erde ihr Geschenk aus Kräutern und Edelsteinen dar und fühlte sich demütig und zutiefst berührt. Die beiden Männer schwiegen. Nach einer Weile machten sie sich auf den Rückweg und betraten wieder den weitläufigen Säulentempel, den Raum der Gaben. Amai stand unter seiner Kuppel, und die Heiligkeit des Raumes überwältigte sie. Sie vermochte keinen Schritt mehr weiterzugehen. Die Männer entfernten sich und ließen sie allein.

Dann wurde es ganz still in der Höhle, für eine zeitlose Ewigkeit. Amai grüßte in der Dunkelheit die Schattengesichter der Wächter des Ortes und lauschte in die Stille. Sie konnte nichts mehr denken, es gab keine Gedanken mehr, nur Stille und Gewahrsein. Weites, leuchtendes Gewahrsein. Stille berührte die Leere in ihrem Herzen, drang in sie ein. Ihr Sein öffnete sich hinein in das große Sein. Ihre Seele wurde eins mit der Erdenseele. Schwarzer, leerer Raum tat sich auf, in und durch die Erde hindurch.

›Liebe fühlt sich so an, wahre Liebe‹, so hörte sie, ›sie ist still, durchlässig und lebendig.‹

Der dunkle Raum weitete sich aus dem Mutterbauch heraus und wurde größer und größer, bis er das ganze Weltall umfasste. Amai wurde von Liebe durchdrungen. Ihr innerstes, wahres Sein verströmte sich in einer immer tieferen, vibrierenden Stille.

Irgendwann stand der Maya lautlos am Eingang zur Höhle. Er lächelte wissend. Amai war erfüllt von einer runden, ruhigen Gewissheit ihrer eigenen Vollständigkeit, als sie mit ihm in die äußere Welt zurückkehrte.

›Durch unser innerstes Herz sind wir mit der göttlichen Seele verbunden‹, dachte sie, ›denn ihre und des Menschen wahre Natur sind eins.‹

Balankanché, der ›geheime Ort des verborgenen Throns‹, hatte sie gelehrt, dass die leisen und verborgenen Erfahrungen die tiefsten waren.

In der heißen Nachmittagssonne erkundeten sie schwitzend die Gegend um die Höhlen und entdeckten im Schatten alter Bäume zu ihrer Freude einen wunderschönen, türkisblau schimmernden Cenote. Weiße und rosafarbene Seerosen blühten in einer Ecke des quadratisch angelegten Teichs. Zwei Kinder spielten ausgelassen in dem kühlen Nass, was nur bedeuten konnte, dass man darin auch baden durfte. Was für eine Überraschung! Moru und Amai zogen ihre Kleidung aus, bis auf das Hemd, und ließen sich in das Wasser gleiten. Es war herrlich frisch und weich und glitzerte im Sonnenlicht wie tausend Sterne. Wer sich mit dem heiligen Wasser aus einem Cenote benetzte, versprach sich Segen und Heilung. Amai schwamm in dem klaren Wasser, tauchte unter und ließ sich davontragen. Sie bat darum, durchlässig zu werden wie ein Kristall, der urteilslos alles in sich aufnahm und widerspiegelte. Seit ihrem Besuch in der Grotte empfand sie eine ungekannte Vollständigkeit und spürte, dass alles, was nötig war, schon in ihr lag. Nichts musste im Außen gesucht werden. Das funkelnde blaue Wasser durchdrang ihr Sein.

Chichén Itzá war für sie der Ort der Öffnung ihres Herzens geworden, an dem sich durch die Verbindung von zwei heiligen Wassern eine kraftvolle, vollendet geformte Pyramide als Symbol für den wahren Menschen erhob. Die

Grotte von Balankanché bot wie eine Gebärmutterhöhle den verborgenen, geheimnisvollen Raum für das Heranwachsen unter dem Einfluss tiefer Liebe. Aus diesem Mutterschoß der Höhlen von Balankanché war sie, von Liebe berührt, neu in die Welt hineingeboren worden. Zwei untrennbar miteinander verwobene Orte.

Amai saß am Rand des Sees und betrachtete die Seerosen. Dieser Tag war ein einziges Geschenk. Langsam ergaben all die verschiedenen Erfahrungen einen Sinn. Das in Ekbalam Erlebte, die Todesangst und die Begegnung mit frühen Ängsten waren wie eine Vorbereitung auf den heutigen Tag, an dem sich ihr Herz einen Spalt geöffnet hatte. Die Leere in ihrem Herzen war nicht verschwunden, doch schimmerte ein Glanz durch den Spalt.

Früher hatte sie den Ehrgeiz des Anfängers besessen, hatte so schnell wie möglich die wahre Natur verwirklichen wollen, dem Meister zeigen wollen, wie besonders sie sei, wie verständig, wie tiefgründig ihr Sehnen. Und tatsächlich gab es solche Momente von Klarheit, ja glückseligem Schauen, in denen sie sich in der Gewissheit wähnte, etwas erreicht zu haben. Wenn sie sich nur genug anstrengte, wäre alles zu erreichen – so hatte sie lange gedacht. Bis zu jenem Tag, an dem sie die wahre Natur so völlig unvorbereitet traf, ohne ihr besonderes Zutun, eher zufällig, wie ein Geschenk, ein Geschenk des Meisters. Das war es wohl, was der Meister einmal ›Anfängerglück‹ genannt hatte. Und genauso unvorbereitet hatte sie beinahe alles wieder verloren: In ihrer Liebe zu Tomás hätte sie beinahe sich selbst aufgegeben und ihre innere Stimme erstickt.

Im Grunde gab es nichts zu erreichen, nichts zu tun oder zu lassen. Sie war nicht besser als die anderen, nicht begabter, nicht weiter entwickelt. All dies waren nur Stolpersteine auf dem Weg, die verhinderten, dass sie nah bei sich selbst blieb, sich spürte, ihren Körper, den Herzschlag, den Atem. Der falsche Ehrgeiz verhinderte, dass sie wirklich mit sich verbunden war und tief und tiefer in den Garten ihrer Seele eintauchte. Und er verhinderte, dass sich ihr Herz weit öffnete, für den Strom des Vertrauens, ganz einfach für das, was das Leben zu ihr führte, für ihre wahre, ursprüngliche Natur. Die wesentlichen Dinge im Leben folgten keinem Stundenplan, sie geschahen und waren umsonst. Die Entfaltung der Seele folgte ihren eigenen Gesetzen.

Sie machten sich auf den Weg zu Citlallis Dorf. Das Mädchen winkte ihnen aufgeregt zu, als es die Besucher erkannte und ihre Mutter hieß sie freundlich willkommen: »Tretet ein in meine kleine Hütte! Ich bin Salah.«

Alle zusammen saßen sie um eine große Platte herum und aßen scharf gewürztes Gemüse, Mais und gebratenen Fisch. Einige Nachbarskinder gesellten sich zu ihnen, und die beiden Reisenden mussten von ihrem Heimatland erzählen.

Plötzlich platzte Citlalli mit wichtiger Miene heraus: »Amai hat an einem der beiden Schlangentage Geburtstag, Mutter!«

»Ist das wahr?«, fragte die Mayafrau überrascht.

»Ja, so ist es tatsächlich«, nickte Amai kauend, »aber was hat es eigentlich mit den Schlangenköpfen an der Pyramide in Chichén Itzá auf sich?«

»Wir nennen die große Pyramide auch das Haus des mächtigen Gottes Kukulcan, der gefiederten Schlange. Sie durchwandert die Welten und vermag in die höchsten Himmel zu fliegen, weil sie die Schwingen des heiligen Vogels trägt. Sie bewahrt unser altes Wissen über die Erde und die Sterne.«

Und Amai, Moru und die Kinder lauschten bei Sonnenuntergang Salahs Erzählungen.

»Euch werden an den heiligen Stätten meines Volkes immer wieder in Stein gemeißelte Schlangen begegnen. Schlangen sind für uns das Sinnbild der Schöpfungskraft. Die Schlange trägt das Leben und durch ihre Häutungen auch die Unsterblichkeit in sich. Sie ist Hüterin aller Geheimnisse der Erde. Deshalb ist sie für uns ein heiliges Tier, das gleichermaßen in der sichtbaren und unsichtbaren Welt wandelt und beide Welten verbindet. Wir feiern sie an den beiden Tagen der Tag- und Nachtgleiche, an denen sich an der großen Pyramide die Schlange aus Licht vom Himmel auf die Erde herabschlängelt, um unserer sichtbaren Welt neue Lebenskraft zu verleihen. Der Einfluss von Dunkelheit und Licht, weiblich und männlich, ist an diesen Tagen auf der Erde ausgewogen.

Wenn sich in einem Menschen diese beiden Kräfte vereinen, strömt das Licht in ihn ein. Und wenn du an diesem Tag in die Welt eingetreten bist, stehst du unter ihrem besonderen Schutz und wirst der Schlange irgendwann begegnen!«, schloss Salah lächelnd ihre Erzählung und schickte die Kinder zu Bett. Auch Moru legte sich zum Schlafen nieder.

Beim Aufräumen fragte Salah Amai beiläufig: »Ist dir bei den bisher besuchten Pyramiden etwas Besonderes widerfahren?«

Amai nickte.

»In Ekbalam erfuhr ich eine überwältigende, lebensbedrohliche Angst …«

Und sie erzählte der Mayafrau, was sich mit ihr ereignet hatte.

»Die Pyramiden haben dich eingelassen«, sagte Salah ruhig und winkte Amai heran, sich zu ihr auf eine Decke zu setzen. »Sie sind Kraftorte, die mit bestimmten Zentren in unserem Körper verbunden sind. Ekbalam löst sowohl etwas im untersten Zentrum wie auch im Halsbereich des Menschen aus.«

Salah tippte sich in die Gegend ihres Geschlechts und an den Hals.

»Ist das unterste Zentrum verschlossen, so bestehen im Menschen unablässig Existenzängste, und es fällt ihm sehr schwer, sich in seinem Körper zuhause und auf dieser Erde sicher und gewollt zu fühlen. Dies wirkt sich notwendigerweise auch auf das Zentrum im Hals aus, weil es dem Menschen dann nur schwer gelingt, sich frei auszudrücken und in dieser Welt unabhängig zu bewegen.«

Amai, die ihre Arme um die Beine geschlungen hatte, hörte aufmerksam zu. Sie verstand. Salah beschrieb genau das, was sie in Ekbalam gefühlt und was ihr Leben bisher beengt hatte wie eine unsichtbare Fessel.

»Steht dann Chichén Itzá mit dem Herzzentrum des Menschen in Verbindung?«, fragte sie gespannt.

»So ist es, Amai«, bestätigte Salah und lehnte sich entspannt auf ihrem Kissen zurück. »In Chichén Itzá hat die Kraft des Ortes dein Herz wachgerüttelt. Gegen Angst und Schmerz können wir nicht ankämpfen, sondern sie wollen vorbehaltlos angeschaut und erkannt werden. Dann erst machen sie Platz für die Liebe, die ohne Ausnahme alles durchdringt, das eigene Sein und die ganze Schöpfung.«

»Ich weiß«, sagte Amai leise. »Dieses Geschenk der bedingungslosen Liebe durfte ich unter der Erde in den Höhlen von Balankanché erfahren.«

In der Geborgenheit der Nacht teilte Salah mit der jungen Besucherin ihr Wissen.

»Es gibt Energiefelder, die über den ganzen Körper verteilt sind. Vom Damm bis zum Scheitel finden sich unterschiedlich große Zentren, die sich an der Körpervorder- und Rückseite wie Trichter nach außen strecken und mit den sieben Hormondrüsen in unserem Körper in Verbindung stehen. Diese Energiefelder stehen in Wechselwirkung mit unseren Gefühlen, unserem Denken und den Körperfunktionen. Je entspannter wir sind, desto freier fließen Energien durch den Körper. Jeder Energiewirbel dreht sich in seiner ihm eigenen Frequenz, die von den Füßen bis zum Kopf immer schneller und feiner wird. Jeder hat seine besondere Aufgabe. Darüber hinaus gibt es über den ganzen Körper verteilt eine Unzahl kleinerer Energiewirbel.

Nach altem Wissen wurden unsere heiligen Stätten auf besonderen Kraftplätzen erbaut. Jede Pyramide strahlt eine einzigartige Schwingung aus und bringt uns dadurch in einen verdichteten Bewusstseinszustand, vorausgesetzt natürlich, dass wir dafür offen sind. Sie setzt das damit verbundene Energiefeld in unserem Körper in Bewegung, und falls eines blockiert ist, werden die darin erstarrten Spannungen, Gefühle und Gedanken aufgewirbelt. Aber erst, wenn alle Zentren befreit und gereinigt sind, kann die Kraft der Schlange, die heilige Lebenskraft, ungehindert im Menschen wirken. Manchmal jedoch, wenn die Kraft eines Ortes so stark ist, geschieht es, dass sich alle Energiewirbel für eine Weile öffnen und der Mensch ungeahnte Glückseligkeit erfährt.«

»Diesen Strom vollständigen Glücks durfte ich einmal in einem Grabmal eines Heiligen erfahren«, vertraute Amai Salah an.

»Sei gewiss, auf deiner Reise durch unsere heiligen Stätten werden dir noch einige überraschende Erfahrungen begegnen, Amai!«

Nach einer mehrtägigen staubigen Fahrt über Felder und dürres Land erreichten sie die Stadt Mérida am späten Nachmittag. In der quirligen Stadt fanden die Weggefährten eine bescheidene Unterkunft und freuten sich über die Wohltat weicher, frischer Betten. Amai sah im Traum, dass das mittlere Steinchen ihrer blauen Kette fehlte; es war im Cenote geblieben. War der Traum ein Zeichen für die wieder erstarkte Herzensverbindung? Mehr und mehr lernte sie auf dieser äußeren und inneren Reise, die Zeichen und eigenartigen Zufälle zu sehen und ihrer ureigenen Stimme wieder zu vertrauen.

Amai und Moru ließen sich im bunt gekachelten Innenhof der Pension ein reichhaltiges Frühstück schmecken und beschlossen, sich einen Tag lang auszuruhen. Sie schlenderten durch die Straßen der Stadt, tranken Kaffee und füllten ihren Reiseproviant auf. Am Busbahnhof besorgten sie Platzkarten für eine Fahrt in die Mitte der Halbinsel, bevor sie am nächsten Morgen Abschied von der lärmenden Heiterkeit der Stadt nahmen.

Der Bus schälte sich aus der verwinkelten Stadt heraus und fuhr auf einer geraden Straße zügig dahin, als sich eine unerklärliche Spannung zwischen Amai und ihrem Begleiter entwickelte. Moru beharrte darauf, dass sie im falschen Bus säßen. Amai ärgerte sich über seine Sturköpfigkeit, obwohl er laut Wegkarte offensichtlich im Unrecht war. Plötzlich sahen sie, wie der Bus beim Überholen eines mächtigen Lastwagens auf ein entgegenkommendes rotes Auto zuraste. Der Busfahrer schien jedoch völlig geistesabwesend, sodass Amai aufsprang und ihn anschrie. Jäh aus seiner trägen Müdigkeit aufgeschreckt, lenkte er den Bus im letzten Augenblick auf die sichere Fahrbahnseite. Anschließend entluden sich die Angst und Spannung zwischen den Weggefährten in einem heftigen Streit. All dies geschah auf dem Weg zu ihrem nächsten Ziel: Kabah.

Amai erinnerte sich an Salahs Abschiedsbemerkung, Kabah sei ein gefährlicher Ort des Willens und der Macht.

›Wie konnte es auch anders sein!‹, dachte sie, ›unser Ziel ist ein altes Zentrum der Macht und schon geht es sprichwörtlich um Leben und Tod.‹

Sie atmete in ihren Bauch hinein. In ihrer Arbeit hatte sie oft beobachtet, dass sich Menschen in Momenten der Angst in der Körpermitte zusammenzogen, anstatt weiterhin gelöst in den Unterleib hineinzuatmen. Dadurch nahmen sie sich zurück und beraubten sich der eigenen Kraft. Vor allem Frauen betrachteten Macht und Führungsstärke eher mit Scheu und setzten sich deshalb nur ungern damit auseinander.

Amai schaute aus dem Fenster.

›Wahrscheinlich zieht sich diese Neigung schon durch ungezählte Generationen unserer Ahninnen. All das, was Frauen durch die Jahrhunderte von Männern angetan wurde, all die Vergewaltigungen, das Geschlagen-, Misshandelt- und Verbranntwerden im Namen von Religion und Tradition, scheint ein gemeinsames Angstfeld geschaffen zu haben, was Frauen bis heute daran hindert, Macht zuallererst als neutrale, natürliche Kraft zu erfahren und frei daraus zu schöpfen‹, spann sie ihre Gedanken weiter.

Der Bus fuhr in der Mittagshitze durch weite, trockene Landschaften, das Buschland verdichtete sich mehr und mehr.

Wie das Kind im Mutterbauch durch die Nabelschnur versorgt werde, so empfange der Mensch durch seine Körpermitte nährende oder schädliche Einflüsse von außen, lehrte sie einst Elia. Zu enge und abhängige Beziehungen könnten ihm dadurch Kraft entziehen und schaden, auch wenn schon längst eine räumliche Trennung bestehe. Amai wusste um diese ungewöhnliche Verbindung: Verzehrte sie sich nicht manchmal voller Sehnsucht nach Tomás, obwohl sie sich ihre Gefühle nicht erklären konnte? Dann sah sie ihn vor sich stehen, sie roch ihn, spürte ihn, ihre Hände fuhren durch sein Haar und ihre Lippen liebkosten seine Haut.

Während der restlichen Fahrt herrschte Schweigen zwischen Amai und Moru. Immer noch bestürzt über den Streit am Vormittag erreichten sie Kabah. Mit knappen Worten vereinbarten sie einen späteren Treffpunkt. Jeder hatte das Bedürfnis, eine Zeitlang ohne den anderen zu sein. Amai fühlte sich zu einer Gruppe lang gestreckter Gebäude hingezogen.

Im Schatten eines Bauwerks sah Amai einen Mann auf einem Stein sitzen. Die Mittagssonne brannte unbarmherzig vom Himmel. Als er Amai erblickte, winkte er ihr zu und lud sie ein, sich zu ihm zu setzen.

»Was führt dich in dieser Hitze hierher in die Mitte der Wildnis, mein Kind?«, fragte er mit rauer Stimme. »Willkommen in Kabah! Weißt du, was der Name dieser Ruinenstadt bedeutet? ›Er mit der starken Hand‹. Ich bin Azekul und wohne ganz in der Nähe.«

Amai beäugte den braungebrannten älteren Mann. Er trug eine weite, abgewetzte Baumwollhose und ein bunt gemustertes Hemd. An seinem Hals baumelten allerlei eingeflochtene Holz- und Knochenschnitzereien.

»Ich heiße Amai und bin auf einer Reise durch das Land deiner Vorfahren. Ein merkwürdiger Traum hat mich in euer Land geführt. Ich achte euer Wissen hoch und bin gekommen, um davon zu lernen.«

Azekul verzog spöttisch den Mund, wackelte mit dem Kopf und spuckte etwas Braunes auf die Erde.

Durch eine Zahnlücke stieß er hervor: »So, so, Mädchen, lernen willst du? Ich glaube, du musst vor allem lernen, dich selber loszulassen!«

Azekul kicherte leise vor sich hin, dann erzählte er ihr ungefragt von der einst mächtigen Ruinenstätte und dem darin wohnenden Erdgott Itzam Cab Aiin, bis die Unterhaltung verebbte.

Amai verabschiedete sich von dem wunderlichen Fremden, bog um eine Ecke und stieß auf einen großen, quadratischen Platz, der von mehrstöckigen Gebäuden gesäumt wurde. In seiner Mitte ragte eine brusthohe Säule auf. Sie kletterte die Stufen eines der Gebäude hinauf und erblickte von der obersten Plattform einen über und über mit Masken geschmückten Tempel. Das musste der prachtvolle Palast des Erdgottes sein, der als mächtiges Krokodil die Wasser der Unterwelt beherrschte. Die unbeweglichen Maskengesichter des Erdungeheuers starrten sie mit aufgerissenen Augen und Mündern an. Sie lief wieder hinunter und um das breite Bauwerk herum und entdeckte vorne mehrere Eingänge. Hunderte von Maskenaugen schienen sie förmlich zu durchbohren, als sie sich anschickte, den ersten Raum zu betreten. Drinnen war es dunkel und überraschend kühl. Heruntergefallene Steine lagen auf der Erde und es roch feucht nach Moder. Die Wände waren schwarz verfärbt.

Amai verließ den unbehaglichen Raum wieder. Trotz der Mittagshitze fröstelte sie. Durch eine niedrige Tür betrat sie den Nachbarraum. Unter der sengenden Sonne war außer ihr keine Menschenseele in den alten Ruinen zu sehen. Stumm verharrte sie in der Finsternis, als sie einen unangenehmen Druck in der Magengrube verspürte, der sich rasch verstärkte. Eine unbestimmte Empfindung hielt sie jedoch in diesem Raum fest. Leise stimmte sie das Kristalllied an, wusste sie doch inzwischen um seine Kraft, alte Erstarrungen aufzulösen. Aber die machtvollen Strömungen, die diesen Ort beherrschten, wurden stärker und stärker. Sie spürte nahezu körperlich, was es bedeutete, Macht als reinen Selbstzweck und ohne Liebe auszuüben; hier herrschte eine kalte Energie, die Lebendigkeit und Freude völlig entbehrte. Eine letztlich todbringende Kraft, die Vernichtung, Menschenopfer und Krieg mit sich bringen konnte. Amai erschauderte. In ihrer Körpermitte hatte sich ein Knoten zusammengezogen, obwohl sie sich bemühte, weiterhin dort hineinzuatmen. Ihr war kalt. Dennoch unterbrach sie nicht das Lied. Eine zutiefst hohle Leere und Einsamkeit waren anwesend und zwangen Amai beinahe aus dem Raum hinaus. In ihrer Körpermitte tat sich ein wachsendes, schwarzes Loch auf. Erschüttert bat sie um Vergebung für jeglichen Machtmissbrauch der einstigen Bewohner des Ortes sowie in ihrem eigenen bisherigen Handeln.

Sie sang und sang, und je länger sie sang, desto mehr schien alles Dunkle aus ihrer Körpermitte förmlich herausgesogen zu werden, alle Verhärtungen, alles eigene unrechte Handeln. Ein Austausch von Kräften geschah: zerstörende Energie verwandelte sich zurück in den neutralen Zustand reiner Kraft. Auch die Dunkelheit veränderte sich. Nach und nach löste sich das Gefühl der Bedrohung und der dunkle Raum war nur noch ein dunkler Raum, in dessen Mitte sie stand. Der Ort, der sich vorher seltsam tot angefühlt hatte, atmete wieder. Und erneut schienen viele unsichtbare Wesen wohlwollend versammelt. Zum Abschied benetzte sie den Boden mit der heilenden Wasseressenz.

Draußen in der hellen Sonne musste sie blinzeln, so gleißend hell umfing sie das Licht. Sie schlenderte zu dem großen Platz zurück, näherte sich der hellen Säule in der Mitte und legte ihre Hand auf den warmen Stein. Alsbald erhob sich eine feierliche Atmosphäre. Amai fühlte sich wie in der Mitte eines Stadions. Um sich herum sah sie vor ihrem inneren Auge ungezählte Wesen auf den Rängen, die sie abwartend anblickten. Dieser Augenblick gebar ein gemeinsames Gelöbnis, ein wechselseitiges Versprechen.

Als Stellvertreterin aller sprach sie mit fester Stimme: »Ich verspreche jetzt und hier an dieser Säule für mich und alle Anwesenden, meine eigene Stärke und Kraft willkommen zu heißen und jede mir überantwortete Macht über andere – Pflanzen, Tiere oder Menschen – zum Wohlergehen der mir Anvertrauten auszuüben.«

Ein zustimmendes Raunen wehte über den Platz. Bald war die flirrende Luft erfüllt von Jubel und Freude, und Hunderte von Wesen der unsichtbaren Welt drückten ihre Übereinstimmung aus. Kabah war aus seiner Erstarrung erwacht.

Als Amai nach diesem Erlebnis durch die Ruinenstätte wanderte, dachte sie über ihr Leben nach. Manchmal war sie voll lebendiger Kraft, dann wiederum fühlte sie sich wie leer und vom Leben abgeschnitten. War sie in einem Moment voller Selbstvertrauen, drohte sie kurze Zeit später in einem Sumpf von Selbstzweifeln zu versinken. Warum nur war dies so?

Hinter einem Tempel trat sie aus der Hitze der Sonne in den Schatten der alten Mauern. Dort saß Azekul auf einem Treppenvorsprung. Schlich er ihr etwa nach? Doch er lächelte ihr so freundlich zu, dass sie sich einen Ruck gab und sich ihm näherte.

»Wenn ihr ein Nachtlager sucht, könnt ihr, du und dein Begleiter, bei mir und meiner Familie bleiben«, bot Azekul ihr an, als sie vor ihm stand.

Lange schon war Amai nicht mehr überrascht über das, was sich auf ihrer Reise ereignete. Alles schien sich letztlich ineinanderzufügen. Sie verscheuchte die Zweifel, die sie dem Mann gegenüber hegte. Auch Moru bog um eine Tempelecke und gesellte sich zu ihnen; die beiden Männer hatten offensichtlich bereits Bekanntschaft geschlossen. Azekul geleitete sie durch das Buschland zu einigen Mayahütten.

Neugierig umringte eine Schar Kinder die Ankömmlinge. Er führte die Besucher in seine Hütte, wo eine Mayafrau mit rundem Gesicht, lachenden Augen und braunen Zöpfen an einem Herd aus Lehm stand, Gemüse schnitt und es in brodelndes Wasser warf. Im ersten Augenblick schien sie überrascht.

»Meine Frau Miral«, stellte Azekul sie zwinkernd vor.

Von der Decke hingen Wurzeln, Beeren und getrocknete Kräuterbüschel. Als das Essen gar war, versammelten sich alle um eine Feuerstelle vor der Hütte und teilten das Mahl, dabei wurde viel erzählt und gelacht.

Nach Sonnenuntergang suchte Amai die Wärme des Feuers. Sie liebte es, unter dem Sternenhimmel am Feuer zu sitzen und in die züngelnden Flammen zu schauen. Als im Dorf Nachtruhe eingekehrt war, setzte sich Azekul zu ihr, stopfte eine Pfeife und blies den Rauch ins Feuer.

Ohne seinen Blick vom Feuer abzuwenden, sagte er langsam und betonte jedes Wort: »Du trägst viel Wut in dir, Mädchen. Wenn sie sich in dir zusammenballt, darf sie nicht Besitz von dir ergreifen, sondern du musst lernen, sie loszulassen.«

Amai erschrak. Sie fühlte sich ertappt und durchschaut. So offen hatte außer der alten Einsiedlerin noch niemand zu ihr gesprochen. Es stimmte: Sie konnte sehr wütend werden, auch wenn andere dies nur selten bemerkten. Fühlte sie sich jedoch bedroht, gelang es ihr manchmal nicht mehr, ihre Gefühle unter Kontrolle zu halten. Dann brach die Wut wie ein reißender Wildbach aus ihr heraus, kannte keine Grenzen mehr und konnte ungerecht und sogar vernichtend sein. Vielleicht war dies ihre größte Schwäche.

»Wie kannst du das sehen?«, fragte sie leise.

»Ich bin ein Sohn dieser heiligen Stätte. Schon mein Vater, mein Großvater und meine Urgroßväter waren Hüter von Kabah. Unser Leben ist eng mit ›Er mit der starken Hand‹ verbunden. Meine Vorfahren lehrten mich, den Fluss der Kraft in jedem Menschen zu sehen, und auch, wodurch er im Körper unterbrochen wird. Kabah ist ein Zentrum der Macht und des Willens und es ist mit unserer Körpermitte verbunden; das hast du heute erfahren. Du hast die Prüfung des Ortes bestanden, er hat sich dir geöffnet. Du hättest auch weglaufen können, aber du bist durch die schneidende Kälte und die schmerzvollen Gefühle hindurchgegangen, die in dir geweckt wurden. Du hast Spuren alter Wut und falscher Machtbestrebungen in dir aufgelöst und dem Ort etwas von deiner eigenen Kraft geschenkt. Alles auf Erden ist ein Austausch von Kräften.«

Amai dachte über Azekuls Worte nach. Ihre Wut konnte durch vermeintliche Ungerechtigkeit ausgelöst werden. Fühlte sie sich herabgesetzt, konnte sie sehr zornig werden. Einige Male war sie so außer sich geraten, dass sie die Kontrolle über sich verloren hatte und nachträglich über ihr Verhalten sehr erschrocken gewesen war. Auch jetzt noch trug sie Wut in sich, auf Tomás, auf Meister Dorje und auch auf ihren Vater, der über all seinem Schmerz seine Verantwortung für seine Tochter vergessen hatte.

»Als ich dich heute Mittag sah, war ich mir nicht sicher, ob dir Kabah Einlass gewähren würde«, fuhr Azekul fort. »Doch du hast dich aufrichtig dem Geist des Ortes genähert und deine Sehnsucht war groß. Deshalb will ich mein Wissen mit dir teilen und dir zeigen, wie du auf eine neue Weise mit Gefühlen umgehen kannst. Eigentlich sind Gefühle Empfindungen, denen wir einen Namen gegeben haben. Zuerst sind sie reine Wahrnehmungen oder eben neutrale Kräfte. Auch Angst und Zorn sind kurzzeitig wichtig und sinnvoll: Angst lässt uns eine Gefahr erkennen und Wut verleiht uns die Stärke, entsprechend zu handeln. Weil

wir es jedoch gelernt haben, bewerten wir einige Empfindungen als gut und gewünscht und andere als schlecht oder
ungewollt. So werden aus ursprünglich neutralen Eindrü-
cken Gefühle wie Liebe, Trauer, Wut, Angst oder Gleichgültigkeit. Gefühle haben in uns selbst und gemäß dem
Gesetz der Schwingung auch nach außen eine Wirkung.
Als ›gut‹ bewertete Gefühle lassen unsere Kraft im Körper
fließen und ›schlechte‹ Gefühle unterbrechen diesen Strom.
Wenn wir Empfindungen als schlecht ansehen und ableh-
nen, schaden wir zuallererst uns selbst, weil wir den Fluss
der Energie in unserem Körper abschneiden. Liebe entsteht
im Herzen, Angst und Wut beginnen in der Körpermitte;
von dort aus durchdringen sie den ganzen Körper. Entsteht
in uns immer wieder ein Gefühl, das wir uns nicht erlauben, bildet sich nach und nach eine Blockade, die sogar zu
einer Krankheit führen kann.«

Amai verstand, was Azekul sagte, auch wenn sie es noch
nie so betrachtet hatte. Im Laufe der Nacht am Feuer erzählte sie ihm, dass sie von Großmutter Elia gelernt hatte,
Kranke zu heilen, doch manchmal davon auffallend erschöpft und müde geworden sei.

»Gibt es einen Weg, beim Arbeiten meine Kraft zu erhalten, Azekul?«

»Ja, wir kennen einen Weg«, nickte Azekul. »Beim Heilen gibst du den Kranken nicht nur Kräuter, sondern du
verbindest dich mit den Menschen, indem du ihnen zu-
hörst und mit ihnen fühlst. Dadurch gibst du ihnen von
deiner Kraft. Deshalb ist es für einen Heiler wichtig, sich
bewusst dafür zu entscheiden, woher die Kraft kommt, die
er weitergibt. Zehrt er beim Heilen nur von seiner eigenen
Lebenskraft, wird er immer mehr Ruhepausen benötigen,
um sie zu erneuern. Unterlässt er dies, wird er langsam
schwächer, bis er irgendwann selber erkrankt und gezwun-

gen ist, seine Arbeit aufzugeben. Ein Heiler kann sich aber auch mit der unsichtbaren Welt oder der Lebenskraft der Erde und des Himmels verbinden, die alles Leben durchdringt und nährt, und sie anstelle seiner eigenen Kraft an die Menschen weitergeben.«

»Azekul, du sprichst mir aus dem Herzen. So viele Fragen, die ich schon lange in mir trage, beantwortest du, ohne davon zu wissen.«

»Und noch etwas«, sagte Azekul. »Trage immer Sorge dafür, dass sich die vier Bereiche, die das suchende Herz nähren und reifen lassen, ausgewogen in deinem Leben verteilen. Sie sind wie die vier Seiten einer Pyramide. Schütze und pflege deine Lebenskraft. Suche, wann immer möglich, den Kontakt mit den fünf Elementen Raum, Luft, Wasser, Erde und Feuer. Aus ihren Bestandteilen setzen sich dein Körper und die ganze Schöpfung zusammen. Bewahre das kostbare Gut der Freundschaft. Diene den Menschen. Vernachlässigst du nur einen dieser Bereiche, wird die Entfaltung deines wirklichen Seins verlangsamt oder sogar verhindert.«

Amai begriff, wie eng die Erfahrung der wahren Natur und der inneren Suche mit der gesunden Entfaltung der Persönlichkeit des Menschen verbunden war. Tomás hatte sich auf seiner Suche ebenfalls weiterentwickelt, aber manche dunklen Teile in seinem Inneren beharrlich verleugnet. Seine Wahrnehmung hatte blinde Flecken bekommen und seine Entwicklung war einem Irrweg gefolgt. Er lebte in einer Fantasiewelt, in der er sich für einen unfehlbaren Mann und Meister hielt.

Und sie selbst? Als Mädchen war sie davon überzeugt gewesen, stark, unabhängig und ohne Angst zu sein. Seit Großmutters Tod, der ihrem unbekümmerten Leben ein jähes Ende gesetzt hatte, hatte sie eine andere Wahrheit entdeckt: tief in ihr gab es eine unbekannte Welt, eine, die sie erzittern ließ, sie lockte, ihr Angst machte, sie erschreckte. Die sich anbot und wieder entzog. Eine ungeahnte, weite Seelenlandschaft hatte sich vor ihr ausgebreitet. In der Begegnung mit dem Meister, hoch auf dem Berg in der Höhle, in der Umarmung mit Tomás, an den geheimnisvollen Orten der Maya. Die neue Welt verwirrte sie, machte sie bisweilen hilflos und versprach ihr doch eine Wirklichkeit, von solcher Lebendigkeit, dass sie alles, was sie kannte, übertraf. Diese Welt wollte sie entdecken. Sie wollte der Verheißung folgen, mit ihrem ganzen Sein.

»Bitte lehre mich die Verbindung zu Erde und Himmel, von der du vorhin gesprochen hast«, bat Amai den Heiler.

Azekul erhob sich und führte sie auf einen freien Platz unter dem Nachthimmel.

»Schließe deine Augen und stehe aufrecht. Spüre die Erde unter deinen nackten Füßen und den Himmel über dir. Lass aus deiner Mitte heraus einen daumengroßen Lichtstrahl in die Erde hineinwachsen, immer tiefer, bis du darin fest verwurzelt bist. Dann lass den gleichen Lichtstrahl nach oben in den Himmel wandern, bis er sich in die Tiefen des Weltalls hinein erstreckt. Dein Bewusstsein ist nicht mehr begrenzt auf deinen menschlichen Körper, sondern es ist unendlich groß. Die Kraft des Universums fließt nun durch dich hindurch, vom Himmel durch den Leib in die Erde hinein und wieder durch dich hindurch in den Himmel. Von oben nach unten und von unten nach oben. Fühle, wie sich jeder kleinste Teil deines Körpers dafür öffnet und von reiner Lebenskraft durchströmt wird. Entsteht ein Eindruck in dir, beobachte, wo genau er im Körper wohnt. Spüre, wie er beschaffen ist. Ist er weich und süß, spitz, dunkel oder hohl? Begrüße ihn unvoreingenommen. Dann kehre mit deiner Aufmerksamkeit zu dem Lichtstrahl zurück, der dich mit Mutter Erde und Vater Himmel verbindet. Betrachte wieder die Empfindung eingedenk deiner Verbindung nach unten und oben. Gefühle wie Wut oder Angst werden ihre Bedrohlichkeit verlieren und sich nach und nach als reine Kraft offenbaren. Liebe wird zu absichtsloser Liebe, weil Liebe nicht nur ein menschliches Gefühl ist.«

Azekul zögerte ein wenig, ehe er langsam weitersprach.

»Liebe ist die ursprüngliche Schöpfungskraft, die alles durchdringt, darum kann sich menschliche Liebe mit der Liebe, die das Weltall durchweht, vereinigen. So wird sie zur allumfassenden Liebe, die nichts und niemanden ausgrenzt. Alles ist ihr willkommen. Amai, lass die Lebenskraft deinen Körper und dein Bewusstsein durchdringen. Werde bedingungslose Liebe. Das ist das Geheimnis der tiefsten Heilung.«

Amai stand unter dem unendlichen Sternenhimmel. Sie fühlte ihren nackten Körper aus weichem Fleisch und rotem Blut und die Erde unter ihren Füßen. Ihr Bewusstsein weitete sich ins Grenzenlose und erstreckte sich tief in die Erde und in den Himmel hinein. Der Himmelsraum und die Erdenkraft durchdrangen sie und wurden in ihr eins. Alles durfte da sein, wie es war. Auch sie. Jeder noch so winzige Teil von ihr. So stand sie mit offenen Händen in der Nacht. Und irgendwann fühlte sie sich vollkommen geliebt, mit jeder Faser ihres Seins. Sie verweilte unter dem Sternenzelt, bis die Liebe sie ausfüllte, in ihr überfloss und sich verströmte – ihr innerstes Wesen atmete Liebe. Mit einem Teil ihres menschlichen Gewahrseins lauschte sie den ernsten und feierlichen Worten eines Mannes, der sie besser zu kennen schien als sie sich selbst, obwohl er sie nicht einmal einen Tag lang kannte. Ihr Vertrauen war grenzenlos.

Über Amais Gesicht liefen Tränen des Glücks und tropften in die Erde. Noch lange stand sie einfach nur da und ließ die Kraft des Universums durch sich hindurchfließen.

Weit nach Mitternacht rollte sie sich unter der Wolldecke auf dem Boden der Hütte zusammen und fiel in tiefen Schlaf. In dieser Nacht hatte sie einen ungewöhnlichen Traum: Sie begegnete ihrer Seele …

Amais durchsichtiger Körper liegt auf dem Boden. Ein dunkelfarbiges Etwas brennt in seiner Mitte, es bohrt und wühlt unablässig. Es bereitet Schmerz und Leid, immer neues Leid.

Wie fühlt sich das schwarze Ding in dir an, Amai?

Eckig. Widerhakig. Schlammig-bräunlich. Außen ist es hart, innen weicher. Es steckt in mir drin, wird mal kleiner, mal größer. In fortwährender Bereitschaft, anzuspringen. Auf kleinste, unbeabsichtigte Verletzungen. Immer bereit, mich zu schwächen, plötzlich, wie ein unerwarteter Schlag. Es vermag sich auszubreiten und den gesamten Raum einzunehmen. Alle Versuche, es aufzulösen, misslingen. Es macht mich so einsam. Dahinter verbirgt sich ein Loch. Ein unersättliches Loch, das alle Liebesbezeugungen in sich hineinzieht. Alles in sich einsaugt, immer und immer mehr und nie gestillt werden kann – und wenn, dann nur für kurze Zeit. Ein Loch, das immer neue Wünsche gebiert und alle Kraft in sich hineinzieht. Ein Loch ohne Boden. Groß. Dunkel. Das eckige Gebilde davor passt auf, dass ja nichts daraus entfernt wird. Dass die Stärke, die in das Loch hineingeflossen ist, nicht versehentlich wieder hergegeben werden muss. Es saugt alle Kraft auf, wie ein Schwamm. Was ist es? Was ist es?!

ANGST!

In meiner Kindheit hatte ich so viel Angst. Angst, verlassen zu werden. Angst, allein zu sein. Angst vor der Angst. Angst, nicht genug beschützt zu werden. Angst, Angst, Angst. Ausgeliefert zu sein. Nicht geliebt zu sein. Nicht wert zu sein, geliebt zu werden. Ein Gefühl der Vernichtung kommt über mich und zieht mir förmlich den Boden unter den Füßen weg, wenn es darum geht, dass ich verlassen werden könnte. Wenn ich nicht genug Aufmerksamkeit erhalte. Wenn ich mich nicht gesehen fühle. Wenn ich nicht so sein kann, wie ich bin. Wenn ich nicht das Gefühl habe, die Einzige zu sein. Die Beste. Die Schönste. *Ich* bin ein Loch. Ein tiefes, hohles Loch. Vor das sich dieses zusammengeschnurrte, vertrocknete, stachelige Etwas schiebt, wenn es bedroht wird.

Nähere dich dem Loch! Bleibe dabei!

Was ist das? Nach und nach, unter meinem steten Blick, fühlt es sich weicher an, samtiger, verliert an Härte. Es bekommt eine Dichtigkeit. Da ist ein winziges Licht in seiner Mitte. Wer bist du?

Das Licht strahlt stärker.

Ich bin du. Ich bin immer da. In dir. Du. Ich bin deine Helligkeit. Deine Geborgenheit. Ich durchdringe dich. Ich mache das Dunkel durchlässiger. Ich verlasse dich nicht.

Wer bist du?

Ich bin dein innerstes, ureigenes, wirkliches Wesen. Deine Seele. Ich bin die, die dich nährt. Ich bin die, die dich stärkt. Ich bin mit dir. Ich trage dich.

Warum habe ich dich noch nie gesehen?

Du schaust mich nicht an. Du suchst mich im Außen. Ich bin in deiner tiefsten Tiefe. Du hast gelernt, im Außen Kraft zu suchen. Zu reagieren, statt aus dir heraus zu handeln. Ich warte ein Leben lang auf dich. Ich habe dich nie verlassen. Wenn du in deiner Kraft bist, wirke ich. Wenn du von deiner Kraft getrennt bist, spürst du das Loch. Doch du siehst jetzt: ich bin hier. Ich kann dich füllen. Erfüllen. Ich bin deine Sehnsucht und deine Erfüllung. Es ist einfach, so einfach. Wir waren immer eins.

Das Licht breitet sich durch das Loch hindurch aus, wird dichter, körperlicher.

Warum nur habe ich dich so lange nicht gesehen?

Weil du dich erst mit dem Loch befassen musst, um das Licht darin zu entdecken. Das Loch und sein Bohren sind der Schlüssel und die Pforte zugleich. Liebe bringt immer auch den innersten Schmerz hervor. Je mehr Liebe, desto mehr Schmerz wird frei. Lerne dich mit all deinen Schwächen und Sehnsüchten kennen. Stehe im Licht! Du hast gelernt, nur flüchtig von außen auf das Loch zu schauen und dem bohrenden Schmerz aus dem Weg zu gehen. Liebe bedeutet, dabei zu bleiben. Nah zu sein. Dir selbst nahe zu sein. Die Aufmerksamkeit nach innen zu richten.

Wie kommt es, dass alles schon in mir ist? Wenn ich so mit dir spreche, fühle ich mich glücklich und geliebt und brauche nichts anderes. Etwas streckt sich ins Licht. Als wenn es schon immer so gewesen wäre. Die Qualität des Seins im Loch ist jetzt freundlich und nährend. Ist das der Anfang einer Liebesbeziehung mit mir selbst? Muss ich mich zuallererst selbst lieben? Muss ich dies auch weiterhin tun, wenn ich mit anderen zusammen bin?

Ja …

Lebe ich allein, sorge ich gut für mich. Bin ich mit jemandem zusammen, richte ich mich zu sehr auf ihn aus und vergesse mich darüber. Warum?

Weil du das gelernt hast. In der frühen Kindheit. Du warst mit der Großmutter verschmolzen und auf sie hin orientiert. Sie rief Liebe in dir hervor. Aber auch deine wunderbare Großmutter konnte nicht immer all deine Gefühle befriedigen. Und sie konnte dich nicht vor jener Angst und Hilflosigkeit beschützen, die du bereits im Mutterleib erfahren hast. Nach und nach hast du gelernt, in der äußeren Welt Anregungen zu suchen, um inneres Wohlbefinden hervorzurufen. Doch ist es möglich, aus dir heraus alle Arten von Gefühlen entstehen zu lassen.

Werde ich den Kontakt zu dir wieder verlieren?

Du kannst immer hereinkommen. Du hast den Zugang zu dem verborgenen Seelenraum in deinem Herzen gefunden. Die innere Reise hat viele Farben …

Warum heute? Warum jetzt? Ich habe mich solange danach gesehnt, danach geschrien. Manchmal verzehrte mich die Sehnsucht beinahe.

Vor der Tür liegt die Einsamkeit, das Leid, hinter der Tür das Zuhause. Es gilt, die offene Tür zu durchschreiten, nicht vor ihr zusammenzubrechen oder sie zu vermeiden. Du musst den Schmerz anschauen. Hindurchgehen. Ihn aufrecht durchschreiten.

Hat jeder die Kraft, durch die offene Tür zu gehen?

Grundsätzlich ja. Wie fühle ich mich jetzt für dich an?

Freundlich. Warm. Zugewandt. Fließend. Wie flüssiger Kakao, der meinen Leib ausfüllt.

Wie höre ich mich an?

Wie Rauschen, Meeresrauschen. Wie der regelmäßige Herzschlag des Ozeans. Ich möchte nicht mehr aus der Bedürftigkeit, sondern aus der Fülle heraus leben. In mir sitzt eine alte erlernte Lebensregel: Leben erfordert Verzicht und Anstrengung. Darf ich mir erlauben, aus der Fülle heraus zu leben?

Möchtest du aus der Fülle heraus leben, Amai?

Ja, ich möchte.

Möchtest du verbunden sein?

Ja, ich möchte.

Möchtest du eins sein?

Ja … nichts mehr als das auf der Welt.

Wie fühle ich mich an?

Voller Kraft. Sanfter Kraft.

120

Wie rieche ich?

Süß, nach Rosenduft, die Luft ist voll rosa flirrender Farbe. In mir breitet sich lächelnder Wohlgeruch aus. Wie Kirschblüten. Die Entdeckung der inneren Sanftheit. Alles, was im Äußeren ist, ist auch im Inneren. Alle Wahrnehmung geschieht in meiner inneren Welt. Die äußere Welt dient mir dazu, die innere kennenzulernen. Als Spiegelbild und Vorbereitung für die innere, ganz eigene Reise. Ein leeres Loch kann gefüllt werden. Es gibt nicht voll ohne leer, nicht Erfüllung ohne Sehnsucht. Die äußere Suche in der Welt ersetzt nicht die innere Suche, die äußere führt zur inneren Suche. Zur inneren Verliebtheit. Verliebtheit mit mir selbst. Zum inneren Glühen. Es wird zum goldenen Strahlen. Das goldene Licht ist mutig wie eine Flamme. Es verströmt sich spiralförmig aus meiner Körpermitte heraus. Es schmeckt warm und leicht feurig. Es gluckst und lacht. Es ist frech und frei. Es sagt, lebe wild und unbezähmbar.

Ohne Angst.

Sie verbrachten glückliche Tage in Azekuls Dorf. Amai spielte mit den Kindern, ging der gutmütigen Miral zur Hand und begleitete Azekul in die Wälder. Sie lernte viel von ihm, weil er nicht nur die Kraft im Menschen sehen, sondern auch mit Pflanzen und Tieren sprechen konnte und über ein schier unerschöpfliches Heilwissen verfügte. Hin und wieder wunderte sie sich darüber, dass Azekul bisweilen ganz ähnliche Worte wie Meister Dorje verwendete. Tibet war von Mexiko unendlich weit entfernt, und doch schien eine geheimnisvolle Verbindung zwischen den Weisen der beiden alten Kulturen zu bestehen.

Oft saß Amai einfach nur da und betrachtete die Bewohner im Dorf der Maya. Ihre Haut war dunkler als die der Mexikaner, ihre Gesichter runder, ihre Augen tiefer und ihre Herzen offener für die Welt und die sie umgebende Natur. Und in manchen ihrer Seelen lebte uralte Weisheit fort.

Als sie wieder einmal am Feuer saßen, fasste sich Amai ein Herz und stellte Azekul eine Frage, die sie schon lange beschäftigte.

»Azekul, wie denkst du über Männer und Frauen? Ist es eine natürlich gewollte Ordnung, dass Frauen den Männern untergeordnet sind?«

Er warf ihr einen überraschten Blick zu und stopfte dann bedächtig seine Pfeife.

»Wie merkwürdig, dass du gerade mir – einem Mann – diese Frage stellst!«

Er entzündete den Tabak und blies den Rauch ins Feuer. Amai sog den süßlichen Duft ein und spürte ihn in ihrer Kehle kitzeln, in ihren Lungen brennen, sich in ihrem Körper ausbreiten und ihren Herzschlag beschleunigen. Auch das Feuer schien er zu beleben.

»Ich halte dich für einen aufrichtigen Menschen, der in verschiedenen Welten zuhause ist und vielleicht die wirklichen Zusammenhänge versteht«, entgegnete Amai. »Einmal habe ich einen Mann sehr geliebt. Er wollte mich glauben machen, dass sich die Frau dem Manne unterzuordnen habe, um einen Zugang zur göttlichen Seele zu erlangen. Ich versuchte mich ihm anzupassen, aber meine Zweifel an der Wahrheit seiner Überzeugung konnte ich nie ganz tilgen.«

Amai verstummte und schaute ins Feuer. Sie dachte an die schwierige Zeit mit Tomás.

Azekul räusperte sich.

»Frauen und Männer sind unterschiedlich. Frauen fällt es sehr viel leichter, auf die Stimme ihres Herzens zu hören und in die göttliche Seele einzutauchen, Amai. Sie besitzen die natürliche Fähigkeit, sich dem Strom des Vertrauens hinzugeben, der sie trägt und ihnen den Zugang zur inneren Wirklichkeit des Lebens eröffnet. Vertrauen ist der Schlüssel.«

Er nahm einen Zug aus seiner Pfeife.

»Warum werden dann durch die Jahrhunderte hindurch bis heute Frauen den Männern in vielen Völkern als untergeordnet betrachtet?«, fragte Amai.

»Das ist eine natürliche Regung des Menschen, Amai«, erwiderte Azekul. »Alles, was eine Gefahr für eine herrschende Gruppe darstellt, wird zwangsläufig abgewertet. Frauen stellen mit ihrer natürlichen Fähigkeit, unmittelbaren, grenzenlosen Zugang zur Wirklichkeit zu erlangen, eine Gefahr für Männer dar. Männer erwerben Wissen mühevoll, langsam und schrittweise. Auf diese Weise gewinnen sie Klarheit und eine Struktur. Männliches Wissen ist hierarchisch aufgebaut, weibliches Wissen ist vernetzt, ungeordnet, ja manchmal geradezu chaotisch, eben alles andere als hierarchisch. Frauen ist es gegeben, sich der göttlichen Seele unmittelbar zu öffnen. Doch den Weg dorthin zu beschreiben, fällt ihnen meistens schwerer als Männern, die sich jeden Schritt dafür erarbeiten müssen und ihn deswegen besser erklären können. Fälschlicherweise glauben die Männer jedoch, ihre Herangehensweise an die wirkliche Welt habe für alle Menschen die gleiche Gültigkeit. Die besondere Art weiblichen Vertrauens erscheint Männern meistens sehr fremd. Sich veräußernde Hingabe macht Männern Angst, und es ist sehr schwer für sie, tiefe Verbundenheit zuzulassen. Im Leben der Frauen hingegen dreht sich alles um Beziehungen zu anderen. Frauen kümmern sich unentwegt um andere und verlieren darüber den Raum für sich selbst, in den sie sich zurückziehen und mit sich und ihrer Seele allein sein können, um auf sie zu lauschen. Sie orientieren sich bisweilen so sehr an Beziehungen, dass sie nicht nur in der Liebe, sondern auch auf der inneren Suche glauben, sich an jemanden anlehnen und von einem Mann, einem Meister, geführt werden zu müssen.«

Auch Amai fand sich in Azekuls Beschreibungen wieder. Sie schwieg, in Gedanken versunken.

»Die wichtigste Herausforderung für Frauen ist es, zu begreifen, dass wirkliche, verändernde Erkenntnis nur aus ihrem Inneren heraus erwachsen kann.«

Azekuls Blick ruhte lange auf Amai und sie fühlte sich davon merkwürdig berührt.

»Tatsächlich wäre es sinnvoll, wenn Frauen und Männer in einigen Lebensbereichen eine unterschiedliche Ausbildung erfahren würden, die mehr ihrem Zugang zum heiligen Wissen und ihrer besonderen Weise, sich selbst und die Welt wahrzunehmen, entspräche.«

»Wann ist jemand in deinen Augen dann ein wahrer Meister oder eine Meisterin?«, fragte Amai weiter.

»Ein wahrer Meister ist Mann und Frau in einer Person«, sagte Azekul ohne zu zögern. »Er vereint beide Seiten des Menschseins in sich. Nur so kann er in die umfassende menschliche Existenz eindringen. Zeigt sich ein Meister betont männlich, verleugnet er seine weibliche Seite. Aus dieser einseitigen Sichtweise heraus lehrt er nicht nur Männer, sondern leider auch Frauen. Ein wahrer Meister bindet dich nicht an sich, er lässt dich vollkommen frei. Er gibt dir niemals das Gefühl, dass du ohne ihn nicht in dieser Welt bestehen könntest. Er zeigt dir all das, was sich ihm eröffnet hat. Er teilt sich dir mit, von Mensch zu Mensch, von Geist zu Geist und von Herz zu Herz.«

Während Amai Azekuls Erklärungen lauschte, dachte sie an Meister Dorje, der für sie zugleich wie ein weiser, alter König und eine gütige Großmutter war.

Sogar der scheue Moru hatte Vertrauen zu Azekul gefasst und saß lange Abende mit ihm am Feuer. Kabah und sein Hüter hatten auch ihn angerührt.

Als der Morgen des Abschieds gekommen war, umarmte Azekul die beiden und gab ihnen einen Rat mit auf den Weg: »Auch wenn ihr von weither kommt, seid ihr unserem Volk willkommen. Es ist an der Zeit, dass unser Wissen größere Kreise zieht, um zu überleben. Euer nächstes Ziel, Uxmal, die ›vortrefflich dreimal Erbaute‹, ist für uns sehr bedeutsam. Die Pyramide des Zauberers ist einzigartig und unübertrefflich. Seid offen für alles, was euch dort begegnet!«

Eine Tageswanderung später verbrachten sie eine ruhige Nacht unter dem Dach einer verlassenen Hütte, und in der Morgendämmerung näherten sie sich Uxmal. Schon von ferne sahen sie die ovalförmige, majestätisch aus dem Urwald emporragende Pyramide des Zauberers. Amai stockte der Atem – das war das eigenwillig schöne Bauwerk, das sie in ihrem Traum gesehen hatte! Sie konnte den Blick nicht abwenden. Dort hatten in alter Zeit die Seher und Seherinnen der Maya, die zudem auch Priester und Ärzte waren, ihre Arbeit ausgeführt. Unter Einwirkung eines Getränks aus einer Urwaldpflanze sagten sie die Zukunft für ihre Könige voraus. Azekul hatte ihr erzählt, das Volk der Maya glaube, dass jede Krankheit in der Seele des Menschen entstehe, bevor sie sich, viel später, im Körper zeige. Deshalb wurden die Ärzte auch ›Heiler der Seelen‹ genannt. Die Seele galt als unvergänglich, doch konnte ein Mensch die Verbindung zu ihr verlieren, was zerstörerische Auswirkungen für den Körper mit sich brachte. Die Heiler der Seelen wüssten die Verbindung zwischen Seele und Körper wieder herzustellen. Ihre Arbeit galt als heilig.

Amai näherte sich der Pyramide des Zauberers. Solch steile Stufen hatte sie bisher noch nicht gesehen. Das heftige Schlagen ihres Herzens wurde noch stärker, als sie vor der Pyramide stand. Ergriffen betrachtete sie das erhabene Bauwerk. Als sie um das Gebäude herumging, breitete sich eine merkwürdige Empfindung in ihr aus. Alles war ihr so vertraut, als ob sie diesen Ort schon viele, viele Male besucht hätte.

Plötzlich hörte sie jemanden sagen: »Willkommen daheim, Menschenkind. Wie schön, dass du endlich da bist. Wir haben schon lange auf dich gewartet! So lange! Komm herein und sei mit uns.«

Amai wusste nicht, wie ihr geschah. Es konnte gar nicht anders sein, als dass sie diesen Weg schon tausendmal gegangen war, so selbstverständlich, wie sich ihr Körper bewegte, als sie an der Hinterseite der Pyramide über eine Treppe hinaufstieg und durch eine niedrige, kaum sichtbare Tür das Innere des Heiligtums betrat. Nachdem sie stumm um Erlaubnis gebeten hatte, folgte sie einem langen finsteren Gang. Da sie kaum etwas sehen konnte, tastete sie sich langsam vorwärts. Irgendwann öffnete sich zu ihrer Linken ein schmaler Zugang. Treppenstufen führten sie aufwärts und sie betrat einen hohen Raum. Um sie herum war es dunkel, nur von ganz oben fiel Tageslicht durch zwei schmale Luken. Amai schloss einen Moment die Augen. Ihr Herz jubelte in überwältigender Wiedersehensfreude. Ihr Verstand hielt dagegen: Geht das noch mit rechten Dingen zu? In ihr vibrierte jetzt alles, mit einer durchdringenden Kraft, die vieles aufwirbelte, auch ihre alte Angst.

Langsam gewöhnten sich Amais Augen an die Dunkelheit. Ein Lichtstrahl fiel auf eine überlebensgroße Statue einer Frau, die in der Mitte der Halle stand und den Raum mit ihrer Gegenwart erfüllte. Amai machte einige Schritte auf die Statue zu. Eine geheimnisvolle Kraft ging von ihr aus.

»Lass los, Amai, deine Angst … lass sie los«, vernahm sie abermals die Stimme, die sie willkommen geheißen hatte. Amai kniete nieder und berührte mit ihren Händen den Boden; sie spürte, dass sie die Wahl hatte, die Wahl zwischen Angst und Freiheit …

»Lasse sie los, Amai!«

Und sie übergab die Angst der Erde.

Kaum hatte sie diese Absicht ausgesprochen, wurde ihr Bewusstsein in einen stillen, weiten Raum hineingezogen und sie erkannte: Dieser Ort war ein Tor zu inneren Welten, ein Raum des Übergangs. Sie befand sich im magischen Haus der Zauberin, einem Durchgang zu einer anderen Wirklichkeit. Die Stelle zwischen ihren Augenbrauen pochte heftig und ihr Kopf fühlte sich an, als wollte er zerbersten. Lange saß sie im Dunkeln vor der Statue und fühlte sich in der ovalen Pyramide geborgen wie in einem Ei. Ihr Körper öffnete sich und die Lebenskraft von Mutter Erde floss in sie hinein.

»Es gibt unsichtbare Welten und Bewusstseinsformen. Du bist eine Mittlerin zwischen den Welten – eine Weltenwanderin«, klang es in dem Raum.

Dann befand sie sich mitten im Weltall auf einem Planeten oberhalb der Erde. Andere Planeten zogen vorbei und Sterne zerrissen zu Lichtstaub. Die Erde drehte sich, lichter Nebel zog auf, neue Gestirne wurden sichtbar und vergingen wieder. Alles, was Amai sah, war unvorstellbar schön. Auf einem hohen Berg fand sie sich in einer Wunderwelt aus Licht und Kristallsteinen. In einer Grotte erkannte sie die unwirkliche Welt des Sterbens und des Todes. Dann betrat sie eine fantastische Kristallhalle, erfüllt von lilafarbenem Licht, und sie hörte eine Stimme sagen: »Der Tod, Amai, existiert nicht, er ist nur ein Übergang.«

Amai rang mit sich. ›Entsteht dies alles aus meiner Fantasie? Bilde ich es mir nur ein?‹ Doch in ihrem Herzen fühlte sie: ›In meinem Wesen ist bereits alles da. Alles ist gut. Es gibt nichts zu tun oder zu suchen. Alles ist vollkommen, wie es ist.‹

Amai konnte nicht sagen, wie lange sie vor der Statue gesessen hatte, als sie aus ihrer Ergriffenheit zurückfand. Sie hob ohne nachzudenken einen Stein auf und tastete sich den Gang entlang nach draußen. Niemand war zu sehen und sie konnte sich unbemerkt entfernen. Im Sonnenlicht öffnete sie ihre Hand und betrachtete das Steinchen.

Sie traute kaum ihren Augen.

Ein winziges, perfekt geformtes Herz lag in ihrer Hand.

Eine ungekannte Kraft, wie ein unsichtbarer Lebensquell, durchströmte Amai, als sie durch die großartige Anlage aus Gebäuden, Pyramiden und Tempeln lief. Viele waren mit Schlangen geschmückt, aus deren weit geöffneten Rachen Menschengesichter schauten. Erhabene alte Bäume erhoben ihre Kronen weit über die Gebäude. Die Erde war warm und dunkelrot. In einem unscheinbaren Tempel, der aus Stein gearbeitete Phallussymbole aller Größen beherbergte, erkannte Amai eine Statue des Gottes der Fruchtbarkeit, dessen Geschlecht das größte war, das sie je auf einer figürlichen Darstellung gesehen hatte. Vor ihm hatte jemand violette Blumen auf einen Stein gelegt. Eine Bitte um Empfängnis?

Überall begegneten ihr Symbole für die schöpferische Lebenskraft, die bei den Maya so eng mit dem Göttlichen verbunden war. Große, grüne Leguane kauerten reglos auf den warmen Steinen in der Sonne und wachten über den Ort. Dass sie lebten, war nur an ihrem seltenen Blinzeln zu erkennen. Bei ihren Streifzügen durch die Wälder hatte Azekul vom Schöpfergott Itzamná erzählt, der sich gerne in einen Leguan verwandelte. Mit seiner Hilfe verband sich der alte Heiler mit dem Geist der Pflanzen, um ihre Heilkraft zu ergründen.

Amai folgte einem Pfad in den Wald, der sich rasch verengte. Niemand begegnete ihr. Blau gefiederte Uhrenvögel, lustige Tiere, deren Schwanz sich wie ein Pendel hin und her bewegte, zwitscherten aufgeregt. Vor einem mächtigen Baum blieb sie stehen und berührte ihn mit ihren Händen. Bäume traten durch Berührung mit den Menschen in Kontakt und nahmen ihr Wissen in sich auf. Je älter ein Baumriese, desto weiser war er. Die Könige des Waldes unterhielten sich über große Entfernungen miteinander.

Als Amai zufällig nach unten schaute, wich sie erschrocken zurück und starrte auf den geschlängelten Ast, der senkrecht am Stamm lehnte. Sie fürchtete sich, ihn zu berühren, so sehr ähnelte er einer Schlange, die zu ihr heraufschaute. Vorsichtig stupste sie ihn an. Keine Regung. Das hölzerne Auge der Schlange blickte sie wachsam an. Als sie den schlanken Ast umfasste, tat sie es mit äußerster Behutsamkeit. War dies die Schlange, die ihr begegnen sollte? Die Mittlerin zwischen der sichtbaren und der unsichtbaren Welt? Amai dankte für den Stab der Lebenskraft in Gestalt einer Schlange, der ihr als Heilerin künftig zur Seite stehen würde. War dies ein Wink der Natur, dass sie ihrer eigenen Kraft, vor der ihr manchmal bang war, endlich uneingeschränkt vertrauen sollte?

Sie tastete sich weiter durch das immer dichter werdende Buschwerk, als sich plötzlich vor ihr ein Tal öffnete, aus dem sich eine kleine, weiß schimmernde Pyramide erhob. Amai stieg die Stufen hinauf und setzte sich. Von hier aus hatte sie freie Sicht auf die ovalförmige Pyramide der Zauberin und bewunderte abermals ihre ungewöhnliche Form – das Ei des Lebens.

Amai hielt Zwiesprache mit Elia.

»Geliebte Großmutter, es ist schon merkwürdig, wie oft wir Menschen unwichtigen Dingen hinterherlaufen, uns verlieren, vergessen. Etwas in mir sehnt sich nach einem inneren Schwerpunkt der Kraft, der nicht mehr nur auf Einflüsse von außen reagiert, sondern vielmehr aus sich selbst heraus wirkt.«

Das Lied floss aus ihrem Herzen und Glück durchflutete sie an diesem heiteren Ort der Liebe. Amai erfuhr sich beim Singen abwechselnd in ihrem menschlichen Körper und als großes liebevolles Bewusstsein, das von außen auf ihren Körper blickte. Lachen, Liebe, Freude und Ekstase erfüllten die Luft wie ein Schwarm bunter Schmetterlinge. Erkennen, Wiedererkennen, Begeisterung, sprühende Energie verströmten sich um sie herum. Amai sah Scharen von Frauen, die ausgelassen die Pyramide herauf- und hinuntertanzten oder sie tanzend umringten. Bis die Sonne tief stand, verweilte sie tief beglückt auf der Pyramide.

Nachts im Traum hörte sie die Stimme eines Mannes zu ihr sagen, er habe das größte Geschlecht, das existiere. Nicht ohne Lustgefühl erwiderte sie, dass sie keine Angst vor ihm habe. Dann berührte sie sein Geschlecht, es war hart und wirklich sehr groß. Sie bot sich ihm dar, er drang in sie ein und füllte sie vollständig aus. Es hätte noch größer sein können, sie fühlte keine Angst, sondern hatte das unbestimmte Empfinden, alle in sich aufnehmen zu können. Am Morgen erwachte sie mit einem Gefühl tiefer Unverletzbarkeit.

Die Ereignisse von Uxmal hatten Amai aufgewühlt. Damals, in der Schule des Meisters, hatte sie geglaubt, dass sie mit dem Eintauchen in ihre wahre Natur am Ziel angekommen sei, um in der Verbindung mit Tomás beinahe alles wieder zu verlieren. In Ekbalam lösten sich uralte

Existenzängste. Chichén Itzá erweckte ihr Herz und Kabah ihre innere Stärke, die sie endlich willkommen hieß. Immer, wenn sich ein Hindernis in ihr auflöste, schien die Welt neu und frisch und sie dachte, das Ziel erreicht zu haben, nur, um dann aufs Neue erkennen zu müssen, dass der Weg sie stetig weiterführte. Uxmal hatte den Energiewirbel in ihrem Unterleib, ihrem heiligen Tempel, in Bewegung gesetzt; dort, wo Gott und Göttin wohnten und lustvolles Erleben eigener Sehnsüchte und kreativer Selbstausdruck willkommen geheißen wurden. Dieses Energiezentrum bestand gemäß den Erklärungen Azekuls aus einem weiblichen und einem männlichen Kern, die, solange sie getrennt waren, etwas unterhalb des Nabels lagen. Verschmolzen sie, bewegte sich das geöffnete und vereinte Kraftzentrum hinter den Nabel. Letztlich sei die oft unerfüllte Suche nach dem Seelengefährten eigentlich ein Rufen aus diesem Energiezentrum, in sich selbst die beiden Kräfte zu vereinen.

Amai erkannte, dass das Entdecken ihrer wahren Natur in der Bergschule erst der Anfang der Suche gewesen war. Früher hatte sie geglaubt, Erleuchtung geschehe in einem einzigen Moment und danach würde sich das Leben von Grund auf verändern. Dies hatte sich als eine Täuschung entpuppt. Erleuchtung war ein langer Weg und er wollte gegangen werden, denn ein plötzliches, unvorbereitetes Eintauchen in das göttliche Sein würde die menschliche Seele verbrennen.

Am nächsten Vormittag war Moru eigenartig unzufrieden. Wortkarg brummelte er vor sich hin, dass er rasch weiterfahren wolle. Ein vorbeifahrender Bus nahm sie mit. Amai setzte sich neben ein Mädchen. Es schlief, den Kopf ans Fenster gelehnt. Seine Hände lagen im Schoß, am mittleren Finger trug es einen Ring. Was mochte in seinem Leben am wichtigsten sein? Welche Träume hatte es? Was hieß es für das Mädchen, wirklich zu sein?

Hieß es, eine Familie zu haben, Kinder, Freunde, Verwandte? Warum aber gab es dann oft so viel Streit, so viel Leid darin? Machte einen Menschen eine befriedigende Arbeit wirklich? Genügend Geld? Wäre das nicht das Glück schlechthin, sehr viel Geld zu haben? Aber nein, auch die Reichen wurden krank, hatten Angst, ihr Geld würde ihnen geraubt oder nicht ausreichen; schließlich ging es irgendwann nur noch darum, wer mehr hatte und wer weniger. Auch wer viel Geld hatte, hatte doch nie genug und wollte immer mehr und noch mehr. Nie hatte sie jemanden in der Stadt sagen hören, er sei reich genug und wolle seinen Überfluss an Arme verschenken. Das Gesetz des Reichtums war es, sich zu vermehren, ebenso wie erfüllte Wünsche immer neue hervorbrachten. Ähnlich verhielt es sich mit Ruhm und Ansehen: Sie waren niemals genug. Aber was bedeutete es dann, wirklich zu sein?

In der kleinen Kolonialstadt voller bunter Häuser am Meer suchten sie sich eine Unterkunft. Moru, noch immer von einer merkwürdigen Unruhe getrieben, verschwand, um die fremde Stadt zu erkunden. Auch Amai mischte sich entdeckungslustig in das Treiben von Campeche.

Sie wusste nicht, wie ihr geschah, als sie inmitten der Menge auf dem Platz vor einer Kirche plötzlich von einer dunkelhäutigen Frau angesprochen wurde.

»Mädchen, ich soll dir etwas geben, das eine Weile bei dir bleiben wird. Bewahre ihn gut auf.«

Sie drückte Amai ein faustgroßes, rundes Etwas in die Hände, das sie in einen violetten Schal gewickelt hatte.

»Gib gut auf ihn Acht! Der schwarze Obsidian trägt ein Geheimnis in sich und enthüllt sich nur demjenigen, der reinen Herzens ist. Was dies bedeutet, musst du selber herausfinden«, raunte sie ihr zu. Noch ehe sich Amai von ihrer Überraschung erholt hatte, war die Mayafrau in der Menschenmenge verschwunden.

Amai blickte sich um, aber niemand beachtete sie weiter. Mit dem Kristallstein in ihren Händen betrat Amai das nächste Teehaus und setzte sich im inneren Hof unter einen Mangobaum. Plötzlich hatte sie das starke Bedürfnis, über ihr inneres Befinden in der vergangenen Zeit nachzudenken und so verbrachte sie den restlichen Nachmittag Tee trinkend und schreibend in einem gemütlichen Korbsessel.

In den letzten Tagen sind mir viele Einsichten in den Schoß gepurzelt. Ich fühle mich so lebendig wie schon lange nicht mehr. Obwohl ich Tomás verlassen habe, war die Erinnerung an ihn bisweilen so stark und drängend, dass ich glaubte, etwas aus meinem Inneren würde herausgerissen. Dann waren meine Gedanken und meine Sinne wie von ihm besessen und ich roch seine Hände, sah ihn vor mir, spürte sein dichtes, dunkles Haar, seine Haut, den muskulösen Körper, fühlte seinen Atem. Es war, als wenn er mich wieder in Besitz nehmen wollte. Warum erwachte in mir immer wieder solch ein übergroßes Verlangen, dem ich kaum widerstehen konnte? Manchmal drohte ich in einem Meer von Gefühlen zu versinken, obwohl ich versuchte, mir die leidvollen Stunden ins Gedächtnis zu rufen, die ich mit ihm erlebt hatte. Warum nur fühlte ich mich immer wieder magisch von ihm angezogen? Was rief er in mir hervor, was vermeintlich nur er in mir wecken konnte?

Langsam beginne ich zu verstehen. Mit ihm fühlte ich mich stark. Sicher. Beschützt. Ich fühlte mich erkannt, gesehen und ja, zutiefst geliebt in diesen Augenblicken, in denen wir in einer anderen Wirklichkeit existierten. Was riefen seine Hände in mir hervor? Was seine Art zu sein? Stärke. Kraft. Ruhe. Bestimmtheit. Absolutheit. Grenzenlosigkeit. Gewissheit des Seins. Leider vermochte er mit seiner Eifersucht genau diese Gefühle ebenso schnell ins Gegenteil zu verkehren. Dennoch bleibt die Erinnerung an das Glück der Verschmelzung.

Die Sehnsucht nach der wiedergefundenen und erneut verlorenen Einheit rief immer wieder aufs Neue diese drängende Erinnerung hervor. Sollte die Ganzheit nur über ihn erreichbar sein? Oder ist er nicht vielmehr ein Spiegelbild meiner eigenen Kraft?

In Kabah erkannte ich: Meine Gefühle entstehen in mir. Auch wenn sie durch einen Menschen wie Großmutter Elia oder Tomás ausgelöst wurden, entstanden sie letztlich immer aus mir selbst.

Niemand gibt sie mir.

Was bewirkt, damit sie frei aus mir heraus entstehen? Was fehlt mir, dass sie ein hervorrufendes Gegenüber benötigen?

Alle Gefühle liegen in mir. Ich bin Schöpferin meiner Gefühle, meiner Gedanken und meiner Handlungen – Schöpferin meiner eigenen Welt. Es geht darum, nicht mehr nur auf Einflüsse von außen zu reagieren, sondern aus mir heraus zu fühlen, zu denken und zu handeln. Ich möchte ein eigenständiges Zentrum der Kraft werden.

Bei Einbruch der Dämmerung lief Amai mit dem geheimnisvollen Stein im Beutel durch die kleine Stadt und betrachtete mit unvoreingenommener Neugier die Gesichter der Menschen. Sie fühlte sich mit ihnen verbunden. Freiheit bedeutete, unabhängig von Ort, Zeit, Menschen und heiligen Orten, in sich selber zuhause zu sein. Kraft breitete sich in ihr aus, schöpferische Kraft. Ihr Brustkorb hob und senkte sich frei und gleichmäßig. Ihr Atem strömte ungehindert in ihren Körper. Sie lebte.

Nachts träumte sie, sie suche im Winter nach einer Frau. Sie fand sie auf einem Weg liegend – beinahe erfroren. Sie wärmte das kalte Gesicht mit ihren Händen und hauchte ihr warmen Atem ein. Endlich schlug die Frau ihre Augen auf und sah sie an. In ihren großen Augen lag reines Bewusstsein.

Amai erwachte und bemerkte, dass Morus Ruhelager unberührt geblieben war. Was war geschehen? Amai konnte sich nicht vorstellen, dass er ohne ein Wort des Abschieds weggelaufen war, zumal sein Reisegepäck im Zimmer lag. Ob ihm etwas zugestoßen war? Sie frühstückte. Der verschlossene Junge war ihr auf der ganzen gemeinsamen Wanderschaft ein Rätsel geblieben. Sie vertraute ihm, doch spürte sie auch, dass er etwas vor ihr und vielleicht auch vor sich selbst verbarg. Zaccaria hatte ihn vor Jahren von der Straße aufgelesen und zu sich genommen. Moru schien trotzdem eher wie ein scheues Tier, stets misstrauisch und wachsam. Vielleicht benötigte er ihre Hilfe?

Amai holte den schwarzen Stein, den ihr die dunkelhäutige Frau auf dem Kirchplatz gegeben hatte, unter ihrem Kopfkissen hervor, legte den Obsidian in ihren Reisebeutel und schloss alles zusammen mit einigen Kleidungsstücken und dem Heilpflanzenvorrat in den Schrank. Am Vorabend war sie zu müde gewesen, sich über den merkwürdigen Stein Gedanken zu machen.

Beunruhigt verließ Amai das Haus und war einen Moment lang unschlüssig, wo sie mit der Suche nach Moru beginnen sollte. Sie fragte in Tavernen und bei Ärzten nach einem jungen Mann mit einem Muttermal auf der linken Wange. Doch niemand hatte ihn gesehen. Als die Sonne schon hoch am Himmel stand, setzte sie sich entmutigt auf eine Bank im Stadtpark. Kinder spielten an einem Brunnen. Sie schaute ihnen zu, als ihr Blick beim roten Tuch am Hals eines Mädchens hängen blieb. Ein solches Tuch hatte Zaccaria Moru zum Abschied geschenkt. Das Mädchen bemerkte ihren prüfenden Blick und wollte weglaufen, doch Amai, die aufgesprungen war, erwischte es am Saum seines Kleides.

»Woher hast du dieses Tuch?«, fragte sie das Kind. Sie kniete vor ihm nieder und schaute dem Mädchen geradewegs in die Augen. »Sag mir die Wahrheit!«

Das Mädchen verzog trotzig das Gesicht und versuchte sich loszumachen.

Als es merkte, dass es nicht entkommen konnte, rümpfte es die Nase und sagte herablassend: »Das habe ich einem betrunkenen Bettler unter der Brücke gestohlen. Es gehört jetzt mir.«

»Führe mich sofort zu ihm!«, befahl Amai streng. »Das Tuch aber gib mir zurück, es gehört einem jungen Mann.«

Widerwillig führte das Mädchen sie zu der Brücke. Schon von ferne erkannte sie den am Boden liegenden Körper ihres Begleiters. Er bot einen jämmerlichen Anblick. Sie setzte sich auf die Erde und bettete seinen Kopf in ihren Schoß, während das Mädchen mit hastigen Schritten verschwand.

Besorgt betrachtete Amai ihren Wegbegleiter. Moru war ein groß gewachsener, fast magerer junger Mann, der immer auf der Hut zu sein schien. Er hatte ein rundes, sanftes Gesicht und lange Wimpern, die seine fragenden, traurigen Augen beschützten. Dichtes Haar umrahmte das noch kindliche Gesicht. Ein Muttermal auf der linken Wange besaß die Form eines Halbmondes. Gewöhnlich war sein Blickkontakt flüchtig, kurz, beinahe unsicher. Traf Amai sein Blick unvermittelt länger und gelang es ihr, ihn für Momente festzuhalten, schien er sie in einen modrig-dunklen feuchten Raum hineinzuziehen, dessen Fensterläden fest verriegelt waren. Seine Bewegungen waren geschmeidig, jedoch lag immer auch etwas Verhaltenes darin, als würde er von einer unsichtbaren Kraft gebremst.

»Moru, wach auf!«, flehte Amai leise und säuberte vorsichtig sein Gesicht. Seine Kleidung war schmutzig und blutbefleckt. Doch der Freund atmete schwach. Endlich regte er sich und schlug die Augen auf.

»Wo bin ich? Was ist geschehen?«

»Genau das möchte ich von dir erfahren! Ich suchte dich den ganzen Vormittag, bis ich dich hier bewusstlos fand. Ich war in großer Angst und Sorge um dich!«

Moru versuchte sich aufzusetzen, sank jedoch stöhnend zurück und schloss wieder die Augen.

»Mein Kopf zerbirst vor Schmerz, Amai!«

Sie fuhr ihm durch den dichten Haarschopf und entdeckte zwischen blutverklebten Haaren eine klaffende, getrocknete Wunde.

»Du musst gestürzt sein!« Sie betastete seinen Kopf.

»Ich kann mich vage erinnern, dass ich in einer Kneipe Einkehr hielt. Männer luden mich auf einen Schnaps ein. Je länger der Abend, desto betrunkener wurde ich. Schließlich kam es zu einer Rauferei, weil einer von ihnen versuchte, meinen Beutel zu stehlen.«

Moru schaute suchend um sich. »Wo ist er?«

Doch der Beutel war verschwunden.

»Wie konnte ich nur so dumm und leichtsinnig sein, mich auf ein Trinkgelage einzulassen!« Moru suchte schuldbewusst Amais Blick. »Ich gebe zu, ich war in den letzten Tagen unzufrieden und schlechter Laune. Ich war wütend auf dich, weil du so zielgerichtet deinen Weg gehst und ich nicht weiß, woher du die Gewissheit dazu nimmst. Ich fühle mich oft leer und unnütz und weiß nicht, wofür ich lebe. Das Leben ist manchmal so sinnlos und ich fühle mich einsam, auch wenn viele Menschen um mich herum sind. Ich habe nicht das Gefühl, wirklich zu sein. Wie geht das?«

So offen hatte Moru noch nie gesprochen. Amai erstaunte seine Aufrichtigkeit. Es war also nicht ausgeblieben, dass die Kraft der heiligen Stätten auch in ihm die tiefste aller Fragen geweckt hatte.

Amai streichelte dem Freund übers Haar.

»Ich bin so froh, dass du lebst, Moru. Und ich glaube, wir haben einiges miteinander zu besprechen. Lass uns erst einmal zurückgehen, damit ich deine Wunden versorgen kann.«

Moru erwiderte dankbar ihr aufmunterndes Lächeln. Er bewunderte ihre Entschlossenheit, auch wenn er die junge Frau oft nicht verstand. Auf seine Begleiterin gestützt schleppte er sich zur Unterkunft. Amai reinigte seine Wunden und legte einige wundheilende Pflanzen darauf, ehe sie kundig einen Verband anlegte. Moru fiel sogleich in einen tiefen Genesungsschlaf.

Amai nahm ihre Tasche mitsamt dem Stein und machte einen Spaziergang zum Meer. Auf einer Landzunge setzte sie sich auf angespültes Treibholz, wickelte die schwarze Kristallkugel aus dem Schal, hielt sie in ihren Händen und lauschte dem Meer. Es roch salzig, weiße Möwen kreischten in der Luft. Alles im Leben schien wie die Wellen des Meeres irgendwann zu einem zurückzukehren. Deshalb war jede Absicht bedeutsam. Amai schaute aufs Meer hinaus. Leichtigkeit lag in der Luft. Und das Meer rauschte.

Moru erholte sich von seinem nächtlichen Ausflug. Als seine Wunden nicht mehr schmerzten, machten sie sich auf den Weg nach Palenque, einer verwunschenen Mayastadt tief im südmexikanischen Regenwald. Seit dem Überfall so unvermittelt mit der Endlichkeit des Lebens konfrontiert, war Moru auf der gemeinsamen Reise noch schweigsamer geworden. Er bemühte sich nach der langen Busfahrt um eine besonders schöne Schlafgelegenheit nahe der Ruinenstadt. Amai lief durch den üppigen Urwald, warme Feuchtigkeit hing in der Luft, schwer wie Reben unter der Last überreifer Trauben. Sie traf auf einen der heiligen Bäume der Maya. Der mächtige Ceiba-Baum, dessen Bild an manchen Gebäudemauern eingemeißelt war, war den Maya der heilige Lebensbaum. Seine Wurzeln ragten tief hinein in die Unterwelt, Stamm und mittlere Äste hielten Verbindung zur Menschenwelt und die oberen Zweige streckten sich weit in den Himmel. Hinter dem dicken Stamm verbarg sich Amai vor neugierigen Blicken und lehnte sich an den Baum. In dem seltsamen Traum damals in Azekuls Hütte war sie ihrer Angst vor dem Verlassenwerden begegnet. Die Angst, die in wichtigen und entscheidenden Augenblicken über sie und ihr Leben bestimmte. Sie unfrei machte. Sie daran gehindert hatte, sich früher von Tomás zu trennen. War es demnach besser, allein und ungebunden zu bleiben? So konnte ihr niemand etwas einreden, was sie nicht wollte. Ihr Herz wehrte sich. Nein, das wäre nichts anderes als eine Flucht, aus Furcht vor Auseinandersetzung … Aber wie viele trostlose Ehepaare hatte sie in der Stadt gesehen, wie viele Männer betrogen ihre Gefährtin oder teilten nur mehr das Bett miteinander, nicht aber ihre Körper und Herzen. Trotzdem taten alle so, als wäre dies ein wunderbares Leben, das anzustreben das Höchste wäre, hingen der Illusion nach, den vollkommenen Partner, die fehlende Hälfte gefunden zu haben – eine schillernde Seifenblase, die schnell zerplatzte. Hatte sie dies nicht auch von Tomás geglaubt? Dass er ihre geheimsten Sehnsüchte erfüllen würde?

Zuerst war es für die Menschen wichtig zu lernen, mit sich allein zu sein und mit ihrer Seelenwelt, ihren Ängsten vertraut zu werden, dann mussten sie nicht fortgesetzt diese schmerzvollen Erfahrungen machen. Die Auseinandersetzung mit eigenen Blockaden erforderte das ehrliche Anschauen der eigenen Gedanken und Gefühle, welche davon zugelassen, welche abgelehnt wurden. Dann würden die Menschen verstehen, warum sie so fühlten, wie sie fühlten, warum sie sich ängstigten, über etwas enttäuscht waren, wo andere nur lachten, warum sie liebten, wo sich andere abgestoßen fühlten, warum sie verzweifelt aneinander festhielten, wenn es eigentlich schon längst an der Zeit wäre, sich der eigenen Seele zuzuwenden. Dann würden sie all das Merkwürdige besser begreifen, was sie sagten und taten und sich dabei selber nicht verstanden.

›Wie wäre es‹, überlegte Amai, ›wenn ich gerade in so einem Moment, wenn ich Angst habe, verlassen zu werden und gerne einen anderen festhalten möchte, vielmehr versuchte, bei mir zu bleiben, meinen warmen Körper zu spüren, mein Kraftzentrum, den Nabel, Bauch und den Teil im Leib, in dem der gegenwärtige angstvolle Augenblick am lautesten widerhallt, vielleicht die Schultern, die sich niedergedrückt etwas tiefer beugen, oder die Brust, die sich eng macht, der Bauch, der hart wird. Was wäre, wenn …?‹

Amai rieb sich die müden Augen. Vielleicht würde es manches im Leben zwischen Menschen, zwischen Liebenden, vereinfachen. Wer konnte dies wissen? Versuchen wollte sie es. Sie verabschiedete sich von dem mächtigen Baum, ging zur Unterkunft zurück, rollte sich unter der Bettdecke zusammen und schlief ein.

So früh wie möglich, gegen fünf Uhr, brachen sie am nächsten Morgen auf. Palenque hieß bei den Maya ›Großes Wasser‹ und war einst eine reiche Stadt, die auch eine Mysterienschule beherbergte. Möglicherweise hatten die Kultstätten der Maya ja als einstige Initiationsschulen verschiedenen Einweihungsprüfungen gedient. Der harmonische Gleichklang des Tempels der Inschriften erinnerte Amai stark an die herrliche Pyramide in Chichén Itzá. Vielleicht

140

strebten schon im alten Mayareich berühmte Baumeister danach, ihre Bauwerke für die Ewigkeit zu errichten. Die aufstrebende, sich nach oben verjüngende Pyramidenform war für die alten Maya ein Symbol für den mit der göttlichen Kraft verbundenen Menschen.

In einer wehrhaften Festung ragte ein Turm zur Sternenschau auf. Hinter einem abgelegenen, halb mit Erde bedeckten Bau lief Amai einen Hügel hinauf zu einem viereckigen Tempel.

Die Aussicht über die von der Morgensonne gestreichelten Baumwipfel des Regenwaldes hinweg auf das Weideland war unbeschreiblich. Amai umrundete das Tempelchen und stieß auf einen Eingang mit weiten Fenstern, trat ein und setzte sich in eine schattige Ecke. Ruhig und gelassen sang sie das Lied der Großmutter und sah zu seinem Klang fremdartige Wesen friedvoll und heiter tanzen. Die Zeit verstrich. Ein riesiger, weißer Schmetterling entfaltete seine Flügel in der glitzernden Morgensonne. In ihr wurde es still. Der Ort auf dem Hügel schien die weibliche Energie in ihrem Körper zu verstärken. Ihr Unterleib fühlte sich warm an und offen. Sie atmete tief in die Erde hinein und die Erde gewährte ihre Kraft.

Obwohl sie in der Liebesvereinigung mit Tomás ihre Weiblichkeit erfahren und unaussprechliche Süße gekostet hatte, fürchtete sie sich immer noch vor ihren eigenen Tiefen. Sie ahnte, dass eine urgewaltige Kraft darin wohnte. Hatte sie früher angenommen, die Vereinigung zwischen Mann und Frau diene der Empfängnis eines Kindes, so war ihr in den vergangenen Jahren bewusst geworden, dass sie die geschlechtliche Kraft, wann immer sie mochte, zum Fließen bringen konnte, um sich selber zu erfahren. Auch so spürte sie die Lebenskraft in ihrem Körper kreisen, mal rascher, mal langsamer. An manchen Tagen breitete sie sich aus, verströmte sich und erfüllte ihren Körper bis in den letzten Winkel. Sie hatte herausgefunden, dass es möglich war, mit dieser inneren Kraft zu arbeiten, sie umzuwandeln und auszugleichen, weil jeder Mensch weibliche und männliche Qualitäten in sich trug, die sich zueinander verhielten wie Wasser und Feuer, aufnehmend und ausstrahlend, nährend und verzehrend.

Amai erhob sich und gab sich dem heiligen Tanz des Kristalls hin, den der Meister seine Schüler lehrte, und tanzend begriff sie sein Geheimnis. Die Bewegung des Tanzes war die Bewegung des Lebens. Ihr Körper wurde durchlässig. Die spiralförmigen, weichen Bewegungen verflüssigten ihn, schmolzen Hindernisse in ihren Energiewirbeln weg, berührten ihre Seele. Die Lebenskraft breitete sich in ihrem Geschlecht aus, drängte aufwärts, erfüllte ihren Unterleib, ihren Bauch, die Brust, und strömte weit und voll nach oben. Glückseligkeit tröpfelte in sie hinein. Mehr und mehr Schmetterlinge kamen zum Tempel, flatterten im Licht, ihr Flügelschlag liebkoste die alten Mauern. In ihr wurde es immer stiller und Licht floss durch den Scheitel in sie hinein. Amai tanzte, von durchsichtiger Klarheit durchdrungen, hingegeben ihrem tiefsten Sein, in dem sich Weibliches und Männliches vereinigten. Geboren aus ihrem heiligen Geschlecht. Fadenförmiges, silbernes Licht hing in der Luft. Schmetterlinge waren überall. Alles Leben war ein Tanz des Lichts in seinen mannigfaltigen Farben.

Amai benetzte den Tempelboden mit ihrer Wassergabe und dankte. Eine Mayafrau saß am Fuß des Tempelberges unter einem Baum schon ebenso lange wie sie oben in dem kleinen Heiligtum.

Plötzlich stand Moru grinsend unter dem Eingangsbogen, grüßte sie kurz und zog dann weiter seines Weges. Auch Amai machte sich an den steilen Abstieg und folgte einem Pfad in den Wald hinein. Ihr Weg kreuzte ein fast völlig vom Urwald überwuchertes Bauwerk, das von einem steinernen Raubtier bewacht wurde. Eine Zeitlang ging es weiter steil bergauf, bis der Pfad abrupt vor undurchdringlichem Gestrüpp endete.

›Wie im Leben oder in der Liebe‹, lächelte Amai, ›manchmal müssen wir den Mut haben, umzukehren, wenn wir vor zu vielen Verstrickungen stehen, anstatt erfolglos zu versuchen, sie zu entwirren.‹

Auf dem Rückweg wunderte sie sich über eigenartige Geräusche und entdeckte in den Baumwipfeln eine Affenfamilie, die Früchte von den Bäumen pflückte. Einer der Affen versuchte sie mit einem kräftigen Urinstrahl zu beeindrucken. Amai brachte sich kichernd vor dem warmen Nass in Sicherheit.

Später am Nachmittag zog es sie abermals zu dem kleinen Tempel und sie war nicht wenig überrascht, als sie dort oben Moru entdeckte, wie er auf dem Rücken liegend in den blauen Himmel schaute. Hinter dem Tempelchen setzte sie sich auf eine Wiese und merkte bald, wie es in der Mitte ihrer Stirn und auf dem Scheitel merkwürdig zu kribbeln begann. Auf dieser Reise zu den Pyramiden schienen die Energiewirbel in ihrem Körper immer durchlässiger zu werden, durchscheinender und lichtvoller. Je mehr alten Ballast sie losließ, desto freier bewegten sich ihr Körper und die Seele, die ihn bewohnte.

Da sah sie Moru die Stufen hinunterlaufen, und ungläubig beobachtete sie, wie er mit weit ausgebreiteten Armen gedankenverloren tanzte, während er vor sich hin summte. Der heilsamen Kraft eines heiligen Ortes vermochte sich selbst der scheue Moru nicht zu entziehen.

Auf ihrem Scheitel vibrierte es inzwischen immer stärker. Amai spürte förmlich, wie sich ihr Energiewirbel auf dem Kopf weit öffnete und sich schnell im Uhrzeigersinn drehte. Dieser Zustand war ihr nicht ganz unbekannt. Azekul nannte ihn eine besondere Art des Träumens: Wachträumen. Denken war dabei nebensächlich. Es war unmittelbares, spontanes Erfahren. Wenn es gelang, alles loszulassen, wurde das Bewusstsein im Strudel einströmender Lebenskraft immer weiter getragen. Es war ein Eintauchen in den Fluss der Zeit, ohne irgendetwas zu akzeptieren oder abzulehnen. Dieser Energiewirbel auf dem Scheitel besaß die höchste Schwingungsfähigkeit und filterte alle auf den Menschen einströmenden Informationen, um sie in tiefere Bereiche des Körpers weiterzuleiten.

Azekul hatte ihr erklärt, dass ein offener Energiewirbel auf dem höchsten Punkt des Kopfes und an der Stirn es ermögliche, Eindrücke aus anderen Welten bewusst aufzunehmen. Genauso wie man die sichtbare Welt durch Sehen, Hören, Schmecken, Tasten und Riechen erfahren könne, gebe es feinstoffliche Sinnesorgane, die innere Erfahrung und die Wahrnehmung fremder Welten erlaubten. Amai dachte an Meister Dorje, der in seinen Träumen Lehren von verwirklichten Wesen aus anderen Dimensionen erhielt, und wieder grübelte sie über den Sinn der Worte nach, die sie in der Pyramide der Zauberin gehört hatte: »Du bist eine Weltenwanderin.«

Im milden goldenen Licht des Sonnenuntergangs lief sie den Hügel hinunter und durchquerte ein letztes Mal die heilige Stätte. Der Tag neigte sich und eine dicke weiße Mondsichel hing schon zwischen den Bäumen.

Abends saßen die Weggefährten zusammen am Feuer.

»Was hat dich vor unserem Besuch in Campeche so unzufrieden gemacht, mein Freund?«, fragte Amai behutsam ihren Begleiter. »Warum hast du deinen Ärger im Alkohol ertränkt anstatt dich mir anzuvertrauen?«

Morus Blick schien sie, wie so oft, zuerst zu prüfen, ehe er antwortete. Seine Augen waren traurig und dunkel.

»Ich fühle mich oft so nutzlos und mein Leben scheint mir häufig ohne Sinn«, wiederholte er, was er ihr schon einmal offenbart hatte. »Du hingegen hast ein Ziel und gehst so entschlossen und ohne Zweifel deinen Weg. So wurde ich unterwegs immer ärgerlicher auf dich. In den Ruinen bemächtigte sich meiner bisweilen eine so ungekannte Verzweiflung, die mich in manchen Momenten fast zu verschlingen drohte.«

»Darf ich dich noch etwas fragen, Moru?«

Er nickte.

»Wo hast du gelebt, ehe dich Zaccaria in sein Haus aufnahm? Was ist mit deiner Familie?«

Moru traten Tränen in die Augen und er wandte sich ab. Amai bereute schon, diese Frage, die sie seit Wochen beschäftigte, gestellt zu haben.

Für eine lange Zeit war nur das Knistern des Feuers zu hören. Dann räusperte sich Moru und begann zu erzählen.

»Ehe Zaccaria mich aufnahm, lebte ich schon zwei Jahre zerlumpt auf der Straße, stahl mir das Essen zusammen und schlief im Park. Obwohl mich mein Vater häufig schlug, hielt ich lange bei meiner Familie aus. Wenn er abends heimkam, war er meistens betrunken. Mutter flüchtete sich dann in das Schlafzimmer und ich versuchte, meine jüngeren Geschwister vor ihm zu schützen. Das alles war noch irgendwie auszuhalten, weil ich meine Mutter und die beiden Geschwister so sehr liebte. Eines Nachmittags nahm mich mein Vater mit und versprach mir ein schönes Geschenk, wenn ich brav und ein guter Junge sein würde …«

Moru wurde von einem Weinkrampf geschüttelt und verbarg das Gesicht in seinen Händen. Niemals zuvor hatte er in seiner tiefen Scham einer Menschenseele von dem schrecklichen Erlebnis erzählt.

Leise fuhr er fort: »Er brachte mich in ein vornehmes Haus neben der Kirche. Dort durfte ich in einem Zimmer spielen. Mein Vater unterhielt sich mit einem dicken Mann und verließ dann mit einigen Geldscheinen das Zimmer. Der Mann sperrte die Tür hinter uns ab. Er war freundlich zu mir, ich bekam Limonade und Süßigkeiten. Wir spielten zusammen auf dem Boden und dem Sofa, als er begann, mich unter meinem Hemd zu streicheln. Seine Finger waren nass vor Schweiß. Ich wunderte mich, weil mich mein Vater noch nie so gestreichelt hatte. Der Mann sagte, ich sei ein schöner Junge und er wolle gerne meinen Körper berühren. Auch solle ich seine Haut streicheln … und er führte meine Hand an seinem Körper entlang … Dann legte er sie«, Moru schluckte, »auf seine Hose. Dieses Glänzen in seinen Augen, dieses widerwärtige Grinsen in seinem Gesicht … Ich konnte mich nicht mehr bewegen, so lähmte mich die Angst. Und dann drohte er mir – wenn ich nicht alles tun würde, was er von mir verlange, dürfe ich nie wieder nach Hause gehen. Er werde mir dabei helfen, ein richtiger Mann zu werden, weil ihn mein Vater darum gebeten habe.«

Moru wurde abermals von heftigem Weinen geschüttelt.

Er schrie heraus: »Ich habe mich so vor ihm geekelt und mich unsäglich über das geschämt, was er an jenem Nachmittag mit mir gemacht hat, dass ich auf dem Heimweg beschlossen habe, wegzulaufen. Lieber wollte ich sterben als wieder so etwas Entsetzliches erleben. Aber seitdem quälen mich furchtbare Schuldgefühle – weil ich Mutter und meine Geschwister allein gelassen habe.«

Moru krümmte sich zusammen und wimmerte still vor sich hin. Niemand sprach. Nur das Feuer flackerte.

Nach einer Weile kniete Amai neben ihm nieder und sagte: »Moru, damals warst du ein Kind und hast in deiner Verzweiflung gehandelt, um zu überleben. Heute bist du ein Mann und du kannst die Schmerzen deiner Kindheit loslassen und deinen eigenen Weg finden. Du bist dazu fähig, dein Schicksal selbst zu gestalten, Moru! Du bist nicht mehr ohnmächtig und hilflos! Und du lebst! Niemand konnte dich vernichten! Spüre die Lebenskraft in dir, die dein Herz schlagen und deine Lungen atmen lässt!«

Im Schweigen der Nacht fand das Leid seiner gemarterten Kinderseele endlich Gehör. Bitterkeit tropfte aus ihm heraus wie Ysop aus dem Schwamm, den man dem Gekreuzigten, den die Christen Sohn Gottes nannten, zu trinken reichte. Amai legte den Arm um Morus Schultern, zog den Jungen an sich und hielt ihn. Sie war bei ihm und weilte mit ihm auf dem Grund seiner Seele. Sie saßen am Feuer, bis die Morgendämmerung heraufzog.

Wenige Tage später lief Moru mittags in den Wald, weil er spürte, dass etwas Dunkles in ihm aufstieg, eine gewaltige, entfesselte Macht, eine zusammengeballte, klebrige Masse von Wut und Hass, die ihn förmlich erstickte. Tief im Wald schrie er seinen Hass heraus, würgte ihn aus sich heraus bis auf den letzten Brocken, schlug wieder und wieder auf den feuchten, nachgiebigen Waldboden ein, bis ihm die Kraft ausging und mit ihr sein Hass, der ihn all die Jahre von innen her zerfressen hatte. Hass auf die Mutter, die weggesehen hatte, ihn nicht schützte, selbst zu schwach war; Hass auf den Vater, der seinen Sohn für ein paar Münzen verschacherte, Hass auf diesen fremden, kranken Mann, der sein Kinderherz zerbrochen hatte. Erschöpft schlief er schließlich unter einem Busch ein. Als er erwachte, spielte in seiner Nähe eine Hasenfamilie. Moru setzte sich auf und rieb sich den Schlaf aus den Augen.

In der nächsten Woche unternahmen Amai und Moru gemeinsame Wanderungen durch den Regenwald, lauschten Vogelstimmen oder taten es den Mayafamilien gleich, die sich auf den flachen Steinen am Flussufer in der Sonne wärmten.

In einer der Nächte nahe Vollmond suchte Amai die Einsamkeit und setzte sich unter ihren Ceiba-Baum. Sie holte den schwarzen Kristallstein aus ihrem Bündel und tastete über seine glatte, dunkle Oberfläche. Warum hatte die Frau gerade ihr, einer Fremden, diesen Stein gegeben? Ob es ein Irrtum gewesen war? Doch nun befand er sich in ihrer Obhut und lag schwer in ihrem Schoß.

Amai betrachtete den Mond, der satt und voll am Himmel hing. Die Ereignisse der vergangenen Wochen zogen an ihr vorbei. So vieles war geschehen. Doch in einem Punkt hatte Moru Unrecht: Auch sie kannte das Ziel ihrer Suche nicht. Sie kannte nur die Frage, die Sehnsucht, die wie die Gezeiten anschwoll und wieder verebbte.

»Was bedeutet es, *wirklich* zu sein?«, hatte auch Moru gefragt.

Die Frage aller Fragen.

Einige Tage später saßen sie wieder zusammen am Feuer und teilten das Abendmahl.

Nach dem Essen wandte sich Moru ihr zu: »Amai, dein Zuhören an jenem Abend hat mir unendlich wohl getan. Du hast mich nicht verurteilt und abgelehnt, wie ich es selbst viele Jahre lang getan habe. Du hast mir geholfen, der ohnmächtigen Wut und Trauer ins Auge zu schauen, die mich so lange gefangen hielten. Seither hat sich einiges für mich verändert. Ich habe mir vergeben, dass ich meine

Familie damals im Stich gelassen habe, und fange an, mich und die Welt mit anderen Augen zu sehen.«

Er zog ein vergilbtes, zerknittertes Papier aus seiner Hosentasche und strich es vorsichtig auseinander.

»Vor längerer Zeit schenkte mir Zaccaria diese Geschichte. Ihren Sinn habe ich nie so recht verstanden, aber etwas darin tröstete mich und deshalb trug ich sie wie ein Amulett immer bei mir. Doch ich glaube, jetzt begreife ich sie.«

Er beugte sich über das Papier und begann laut zu lesen:

»Das Holzpferd, so heißt es, lebte länger in dem Kinderzimmer als irgendjemand sonst. Es war so alt, dass sein brauner Stoffüberzug ganz abgeschabt war und eine ganze Reihe Löcher zeigte. Die meisten seiner Schweifhaare hatte man herausgezogen, um Perlschnüre auf sie aufzuziehen. Es war in Ehren alt und weise geworden.«

›Was ist wirklich?‹, fragte eines Tages der Stoffhase, als sie Seite an Seite in der Nähe des Laufställchens lagen, noch bevor das Mädchen hereingekommen war, um aufzuräumen.

›Bedeutet es, Dinge in sich zu haben, die summen, und mit einem Griff ausgestattet zu sein?‹

›Wirklich‹, antwortete das Holzpferd, ›ist nicht, wie man gemacht ist. Es ist etwas, was an einem geschieht. Wenn ein Kind dich liebt, für eine lange, lange Zeit, nicht nur um mit dir zu spielen, sondern dich wirklich liebt, dann wirst du wirklich.‹

›Tut es weh?‹, fragte der Hase.

›Manchmal‹, antwortete das Holzpferd, denn es sagte immer die Wahrheit. ›Wenn du wirklich bist, dann hast du nichts dagegen, dass es wehtut.‹

›Geschieht es auf einmal, so wie wenn man aufgezogen wird?‹, fragte der Stoffhase wieder, ›oder nach und nach?‹

›Es geschieht nicht auf einmal‹, sagte das Holzpferd. ›Du wirst. Es dauert lange. Das ist der Grund, warum es nicht oft an denen geschieht, die leicht brechen oder die scharfe Kanten haben oder die schön gehalten werden müssen. Im Allgemeinen sind zu der Zeit, da du wirklich sein wirst, die meisten Haare verschwunden, deine Augen ausgefallen; du bist wacklig in den Gelenken und sehr hässlich. Aber diese Dinge sind überhaupt nicht wichtig; denn wenn du wirklich bist, kannst du nicht hässlich sein, ausgenommen in den Augen von Leuten, die überhaupt keine Ahnung haben.‹

›Ich glaube, du bist wirklich‹, meinte der Stoffhase. Und dann wünschte er, er hätte das nicht gesagt – das Holzpferd könnte empfindlich sein. Aber das Holzpferd lächelte nur.«

Auch Moru lächelte und seine Augen glänzten im Feuerschein.

Im Schutz der Nacht nahm Amai ihn an der Hand und führte mit ihm unter dem Sternenhimmel das Ritual aus, das sie von Azekul empfangen hatte. Alles durfte da sein, so, wie es war, bis alles von Liebe durchdrungen war. Die Nacht umarmte Moru. Der Himmel und die Erde flossen in ihn hinein und sein Herz bewegte sich, unbeholfen wie ein Adlerjunges in seinem Nest.

Es wurde Zeit, sich wieder auf den Weg zu begeben. Stundenlang fuhren sie mit einem Bus und auf einem dröhnenden Lastwagen Richtung Osten. Die Landschaft veränderte sich völlig, der Regenwald wich trockener Buschsavanne und die Sonne brannte am späten Nachmittag erbarmungslos auf sie herunter. In einer leeren Schäferhütte fanden sie Unterschlupf für die Nacht.

Einen Tag lang wanderten sie zu Fuß immer tiefer in den trockenen menschenleeren Landstrich hinein und erreichten am späten Nachmittag den einsamen Ort, den diesmal Moru unbedingt hatte besuchen wollen: Calakmul. Seit er irgendwo diesen Namen aufgeschnappt hatte, hatte er sich wie eine Zecke in seinem Kopf festgebissen und an seiner Sehnsucht gesaugt. Es schien das Ende der Welt. Kein Geräusch menschlicher Zivilisation drang hierher. Nicht einmal Maya wohnten in dieser kargen Wildnis. Vier stolze, farbenprächtige Pfaue kreuzten ihren Weg. Die Pfauenfeder war in der Bergschule ein Symbol für natürliche Vollkommenheit. Über verfallenen Gebäuden hangelten sich weiße Affen durch die Baumkronen. Ein angelegter Steinpfad führte sie immer weiter in das unüberschaubare Gelände hinein, vorbei an eingewachsenen Ruinen und Plätzen. Großzügige Tempelanlagen tauchten auf. An einer Mauerecke entdeckten sie ein riesiges aufgerissenes Schlangenmaul, aus dem ein Menschenkopf herausschaute. Amai wusste inzwischen, dass der Kopf der Schlange bei den Maya auch ein Symbol für die Liebesgöttin und den Planeten Venus war, dessen Lauf über den Himmel an vielen Orten sorgfältig beobachtet wurde, um je nach seinem Stand wichtige Entscheidungen zu treffen. Der menschliche Mikrokosmos fand im Weltbild der Maya seine Entsprechung im Makrokosmos des Universums. Die Maya glaubten an eine wechselseitige Beeinflussung zwischen Mensch und Universum. Durch ihre astronomischen Beobachtungen entdeckten sie eine kosmische Struktur mit wiederkehrenden Zeitzyklen.

Lange Zeit war Calakmul das mächtigste Zentrum des Mayareiches gewesen und trug den stolzen Namen ›Königreich des Schlangenkopfs‹. Hier gab es Dutzende von Stelen, meterhohe, aufgerichtete Steine, auf denen Daten, Ereignisse und Bilder von Menschen eingemeißelt waren. Als Amai die Treppen eines kleineren Gebäudes herabstieg und die Stele davor näher betrachtete, erkannte sie zu ihrer Überraschung darauf erstmals eine Frau. Dann stießen sie auf die größte und prachtvollste Pyramide, die sie je gesehen hatten.

Moru stieg furchtlos die schmalen, steilen Stufen der Mitteltreppe hinauf. Amai zögerte erst, folgte ihm dann jedoch. Auf halber Höhe stand eine reich geschmückte Stele, auf der abermals eine Frau eingemeißelt war. Sie trug die Symbole von Mutter und Königin in Händen. Hinter der ersten eröffnete sich eine neue, noch steilere Treppe, und auf ihrem höchsten Punkt tat sich eine große freie Fläche auf.

Amai setzte sich und ließ ihren Blick über die endlose Busch- und Baumlandschaft zu Füßen der alten Stadt wandern. Das heilige Lied floss aus ihrem Herzen. Moru saß in ihrer Nähe und lauschte der Melodie. Amai sah vor ihrem inneren Auge rund um die gewaltige Pyramide zahllose Wesen tanzen, freudig und mit ineinanderfließenden Bewegungen. In ihrem Geist entfaltete sich eine machtvolle Absicht: Frieden und Liebe durchwirkten von der Spitze der Pyramide den Planeten wie das Licht eines Leuchtturms die Nacht. Da erhob sich ein Windhauch. Er nahm den Frieden auf seine Schwingen und trug ihn in die Tiefen des Weltalls.

Etwas veränderte sich. Die Erde wirkte schöpferisch und ordnend über ihre Grenzen hinaus und dies wurde vom Weltall empfangen und geachtet. Der Geschmack dieser Erfahrung war neu, einzigartig. Die Energiewirbel in Amais Körper schienen alle miteinander verbunden. Lachende Zustimmung der zahllosen Wesen umfing sie. Amai vergrub auf der Spitze der Pyramide ein besonderes Geschenk – das Abschiedsgeschenk der Einsiedlerin: die Asche und das Haar verwirklichter Meister. Auf der Pyramide würde ihre

Kraft weiter wirken und ins Weltall hinaus strahlen. Noch lange saß Amai auf dem Dach der heiligen Stätte der Frauen.

Der Abstieg gelang leicht und sicher und sie dankte der Schlangenkönigin und Moru, der unbedingt diesen Kraftort hatte besuchen wollen. Auf dem Rückweg begegneten sie einem herumziehenden Maya. Er erzählte ihnen, Calakmul sei einst dafür berühmt gewesen, Konflikte zwischen den Städten friedvoll zu lösen. Das Wesen dieses Ortes war Friede und er hatte sich ihr mitgeteilt.

Abends schrieb sie vor dem Schlafengehen in ihr Buch: *Heute erfuhr ich, wie kraftvoll Absichten wirken. In der unsichtbaren Welt vermögen sie Berge zu versetzen. Auch als kleines Menschenkind kann ich durch eine klare Absicht Ungeahntes bewirken. Absicht ist die Sprache der unsichtbaren Welt. Deshalb muss mein Geist klar sein, wenn ich mich diesen Welten nähere. Persönliche Absichten manifestieren sich auch in unserem Erdenleben. Oft tragen wir unausgesprochene Absichten für eine lange Zeit in uns. Doch irgendwann, wenn sie genügend Stärke gewonnen haben, werden sie sich in der sichtbaren Welt verwirklichen.*

Längst hatten die beiden Wandergefährten Freude am gemeinsamen Entdecken gefunden und ihr Lebensrhythmus hatte sich mehr und mehr aufeinander eingestellt. Amai dachte bisweilen an das Ende der Reise, auch wenn ihr Herz noch keine Ruhe gab. Etwas schien noch nicht zu Ende gebracht. Aus seiner Tiefe lockte es, zog sie hinein.

Eines Vormittags im Spätsommer erreichten sie Kohunlich nahe der östlichen Küste Yucatáns. Die großzügig angelegte Tempelanlage strahlte heitere Behaglichkeit aus, und die beiden Wanderer fühlten sich sogleich wohl und streiften zwischen den alten Mauern umher. Ein von Bäumen gesäumter Alleenweg führte hinauf zu einer ungewöhnlichen

Pyramide auf einem Hügel, die über und über geschmückt war mit riesigen Masken aus Stein. Aus jedem Winkel schaute ihnen ein anderes Gesicht entgegen. Eines hatte den Mund leicht geöffnet, ein anderes die Zunge locker zwischen die Lippen gelegt. Allen gemeinsam war eine perlenartige Erhebung in der Stirnmitte. So etwas hatte Amai schon einmal auf Bildern gesehen, in einem alten Buch der Bibliothek. Auch andere Kulturen kannten Darstellungen von Heiligen oder Göttern, die als Zeichen der Verbindung mit der inneren und unsichtbaren Welt in der Mitte ihrer Stirn einen kostbaren Juwel trugen. Azekul hatte ihr erklärt, dass Menschen mit dem Energiewirbel auf der Stirn, dem Dritten Auge, häufig falsche Vorstellungen verbänden und es zumeist mit magischen Kräften, positiver und negativer Art, in Zusammenhang brächten.

Moru unterbrach ihre Gedanken: »Weißt du, warum alle Gesichter dasselbe Merkmal auf der Stirn haben, Amai?«, und sie teilte mit ihm, was ihr gerade durch den Kopf gegangen war.

»Also könnte ein Hexer durch die Meisterung solcher Kräfte absichtlich einen schlechten Einfluss auf andere Menschen ausüben?«

»Ja, das könnte er leider«, entgegnete Amai.

»Und wie kann ein suchender Mensch durch dieses Zentrum Eingang zur unsichtbaren Welt finden?«, fragte er weiter.

Amai konnte Morus Frage gut verstehen. Sie erinnerte sich noch gut, wie verzweifelt sie als Mädchen auf ihrer Suche nach einer göttlichen Kraft gewesen war, weil sie all das, zu dem sie betete, nicht mit den äußeren Sinnen wahrnehmen konnte.

Sie vertraute Moru an: »Als Mädchen fühlte ich mich in einer Welt gefangen, die sich aus meinem Kopf heraus mit

154

Vorstellungsbildern füllte. Gott war da, wenn ich an ihn dachte. Gott und seine Heiligen verschwanden, wenn ich ihnen keinen Zugang zu meiner Gedankenwelt gab. Dann waren all die Heiligen und Engel in der Kirche der Christen leblose kalte Steine. Nur kraft meiner Vorstellung wurden sie zu lebendigen Wesen. Erst Jahre später begannen sich mir innere Welten langsam zu öffnen, auch wenn ich meinen Wahrnehmungen selber noch nicht immer traue. Doch weiß ich, dass im Menschen großartige Möglichkeiten verborgen liegen. Mein Meister sagte oft, dass die Menschen die inneren Welten und ihre Kräfte zu wenig kennen.«

Moru versuchte, Amais Gedanken zu folgen, aber vieles klang fremd in seinen Ohren. In seiner eigenen Welt hatten unsichtbare Kräfte bisher keinen Platz gefunden. Doch riefen manche Orte auf der Reise in ihm eine merkwürdige Geborgenheit hervor, beinahe so, als wenn sie ihn willkommen hießen. Azekul hatte zu ihm am Feuer über die heilige Kraft der Stätten seines Volkes gesprochen, die das Herz des Menschen heilten. Hatte er dies in Palenque nicht auch selbst erfahren, als er den Mut fasste, sich Amai anzuvertrauen? Seither war sein Herz weicher geworden, vertrauensvoller. Es hatte die eingetrocknete, starre Haut der Angst abgestreift, die ihm beständig einflüsterte, immer und überall auf der Hut sein zu müssen. Wie eingefroren hatte er all die Jahre darin verharrt, niemanden an sich herangelassen. Sein Körper hatte sich verändert, war zum Mann gereift, aber seine Seele war jene eines achtjährigen Kindes geblieben, dem Sumpf der Hilflosigkeit ausgeliefert. Benutzt. Beschmutzt. Aber es traf zu, was Amai in jener Nacht zu ihm gesagt hatte, und es klang in ihm nach und sickerte langsam immer tiefer in seine Seele ein: Er war nicht vernichtet worden und er war kein Kind mehr; er lebte und konnte sich wehren, schützen, konnte wählen, wem er sich öffnen, vor wem er sich verschließen wollte. Amai hatte ihn nicht verabscheut, ihn nicht verachtet und zurückgewiesen, wie er es selber so lange getan hatte. Ein Licht war in dieser wundersamen Nacht in seinem Herzen entzündet worden und sein Schein breitete sich aus, zögernd, suchend noch, doch nach und nach schmolz es die Haut der Angst weg und er fing an, Menschen wieder zu vertrauen. Menschen, die ihm zur Seite standen wie Zaccaria, Amai und der Heiler in Kabah. Azekul war es gewesen, der in ihm nach all den einsamen Jahren den Wunsch nach einem Vater geweckt hatte, und auch die namenlose Wut darüber, dass der seine ihn so schändlich verkauft hatte. Und die Trauer hatte sich erhoben, die Trauer um die verlorene Familie. Doch verschlingen konnte sie ihn nicht mehr – er war ins Leben zurückgekehrt.

Amai folgte allein einem Weg in den lichten Wald und traf auf drei gut erhaltene Ruinen. Vor der vordersten war ein herzförmiges Wasserbecken in die Erde eingelassen. Dahinter stieß sie auf eine einladende breite Treppe, die zu verlassenen Wohnstätten auf einer Anhöhe führte. Sie lief durch Überreste von Mauern, die einst bewohnte Zimmer gewesen sein mussten. Dabei stieß sie auf Moru, der sichtlich zufrieden seine Erkundungen genoss. Auf der Rückseite der Ruinen bot sich eine großartige Aussicht auf ein Tal. Amai setzte sich auf eine niedrige Hausmauer und verlor sich mit dem Lied auf den Lippen in der Ferne, als vor ihrem inneren Auge die Gestalt einer älteren Mayafrau erstand. Mit ihrem kurzen, braunen Haar erinnerte sie Amai stark an eine Frau, die sie vor längerer Zeit mehrfach im Traum gesehen hatte. Damals hatte sie sich über das Kleid der Frau verwundert, das sie jetzt als typisches Gewand der Maya erkannte. Die Frau zeigte ihr lächelnd die Ahnenreihe der

Frauen, die ihr vorangegangen waren. Immer mehr Frauen versammelten sich und eine fröhliche Atmosphäre erfüllte bald die grüne Wiese vor ihr.

Bunte Vögel zwitscherten von den Bäumen, als etwas ganz und gar Ungewöhnliches geschah. In der Schule hatte sie davon gehört, dass der menschliche Körper von acht feinstofflichen Energiekörpern umhüllt werde, die sich gegenseitig durchdrangen und beeinflussten. Dem grobstofflichen Körper am nächsten befanden sich die drei dichtesten der acht feinstofflichen Hüllen: jene der Lebenskraft, jene, in der tiefe Gefühle gespeichert waren, und jene der klaren Geistes- und Unterscheidungskraft. Noch durchlässiger waren die nächsten beiden Körper, jener der verborgenen Fähigkeiten und jener, in dem die Seele durch Zeit und Raum reisen konnte – Gaben, über die wohl die Einsiedlerin Ayu Lhundrub verfügte. Die bewusste Beherrschung der beiden subtilsten Körper vollendete die vollständige Verwirklichung eines Menschen. Diese letzteren vereinten alle beim Menschen noch ungeordneten, vereinzelten Teile zu einem einzigen Ganzen: der Perle. Ein solcher Mensch war eins mit der Weltenseele und verströmte sich aus seiner wahren, unzerstörbaren Natur heraus. Dieser Mensch hatte Unsterblichkeit erlangt.

Plötzlich nun gewahrte Amai auf der Wiese diese feinen Hüllen um ihren Körper herum zum ersten Mal. Fast erschrocken spürte sie, wie die Kraft der anwesenden Ahninnen über ihre Stirnmitte, das Dritte Auge, die verschiedenen Körper belebte. Ihr Leib fühlte sich ungleich größer an als üblich, von ungleich stärkerer Kraft durchdrungen als ihr gewöhnliches Dasein; und augenblicklich begriff sie, dass Menschen durch vielfältige Ängste ihre Lebenskraft unablässig schwächten und nur wenige dieser Energiekörper wirklich bewohnten.

»Amai, wir sind ein kleiner Kosmos, der sich in das uns umgebende Universum hinein erstreckt und mit ihm unablässig in Verbindung steht. Wegen unserer beständigen Ängste ziehen sich die Energiehüllen um uns herum mehr und mehr zusammen, gleichzeitig werden sie immer härter und unbeweglicher. Kontakt und Austausch mit inneren und unsichtbaren Welten werden schwierig, weil wir irgendwann ganz undurchlässig geworden sind. Die Hüllen von Kindern hingegen sind noch weich, entspannt und ausgedehnt, weshalb sie häufig Wesen und Kräfte aus anderen Welten wahrnehmen können. Die meisten Erwachsenen sind so sehr an ihre beengte Existenzweise gewöhnt, dass sie diese als normal hinnehmen. Unser Sein birgt überreiche Möglichkeiten, doch wir begrenzen uns selbst. Außergewöhnliche Empfindungen, selbst wenn Menschen solche für Augenblicke erfahren, werden angezweifelt und nicht eingelassen. Orte der Kraft, Kristalle, Meditation oder die gemeinsame Bemühung mehrerer Menschen können bewirken, dass sich unsere Wahrnehmungsschwelle leichter verlagert und uns solche Erfahrungen wieder erlaubt.«

Die Frau betrachtete sie liebevoll.

Auf dem Platz vor den einstigen Wohnhäusern herrschte eine festliche Stimmung. Amai begann zu sprechen und formulierte eine Absicht, die sie beim Zuhören selbst überraschte: »Möge ich alle Möglichkeiten des vollständigen Menschseins verwirklichen und eine wahre Träumerin werden. Mögen die Wunden und Verletzungen unserer weiblichen Ahnenlinie heilen und die Frauen geehrt und geliebt werden – denn wir alle sind Gott.«

Ihr Blick streifte einen Baumstumpf und sie gab einige Tropfen ihres Wassergeschenks in die Aushöhlung des Stammes, um an diesem heiligen Ort das weibliche Prinzip zu ehren.

Eine menschliche Stimme holte Amai aus ihrem Wach-traum: »Wahr hast du gesprochen, mein Kind! Wir sind Gott!«

Überrascht wandte sich Amai um. Eine alte Mayafrau mit langen Zöpfen und einem bunten Wickelkleid saß auf einem niedrigen Mäuerchen. Ihr runzliges, braunes Gesicht war von gütigen Falten durchwirkt. Als sie lächelte, war es, als wenn tausend Sonnen erstrahlten, und Amai erkann-te mit maßlosem Staunen die weise Heilkundige, die einst auf dem Marktplatz zu ihren Körben gekommen war und ihr den Rat gegeben hatte, in die Welt zu ziehen. Die Frau winkte sie zu sich und lud sie mit einer Handbewegung ein, sich zu setzen.

»Du hast stellvertretend für alle auf dem Platz anwesen-den Frauen und für alle Menschen auf Mutter Erde gespro-chen. Jeder Mensch, jede Pflanze, jedes Tier ist ein Liebes-funke der göttlichen Seele. Wir sind eins im Herzschlag des Lebens.«

»Bedeutet das, dass du dasselbe gesehen hast wie ich, Mutter?«, fragte Amai verwundert. Die Frau nickte und Amai liefen Freudentränen über die Wangen. Zum ersten Mal wurden ihre Wahrnehmungen der unsichtbaren Welt von einem anderen menschlichen Wesen bestätigt. All dies entsprang nicht ihrer Fantasie!

»Ich bin Serafina, die Hüterin des Wissens unserer Ah-nenlinie.« Ihre Augen waren tief und beseelt.

Aus der Ferne näherte sich Moru und die Weggefähr-ten begleiteten Serafina auf ihre Einladung hin in eine be-scheidene Hütte. Amai sah sich um. Alles war mit bunten Decken und Kissen ausgelegt und der Duft getrockneter Kräuter hing in der Luft. Federn baumelten von der Decke, in Schalen lagen Kristallsteine in leuchtenden Farben.

Serafina bemerkte ihren aufmerksamen Blick.

»Alles, was du hier siehst, benötige ich zum Heilen.«

»In meinem Land bin ich auch eine Kräuterkundige«, sagte Amai.

»Ich weiß, mein Kind. Wer wie du eine solch starke Verbindung zu unserer Ahnenlinie besitzt, wird sich notwendigerweise auch aufs Heilen verstehen.«

Wieder einmal war es Neumond.

Moru schloss rasch mit einigen jungen Männern aus dem Dorf Bekanntschaft und zog mit ihnen am nächsten Morgen los, die Gegend zu erkunden.

Nach dem Frühstück fragte die Heilerin Amai: »Fühlst du dich bereit und bist du mutig genug, ein Reinigungsritual auszuführen, das Wunden und Löcher in deinen verschiedenen Körpern heilen wird?«

Amai nickte ohne zu zögern. Serafina führte sie hinter der Hütte auf einem eingewachsenen Pfad durch den Wald zu einer Lichtung, wo ein ungefähr menschengroßes, längliches Erdloch ausgehoben war. Sie wies Amai an, ihre Kleider abzulegen, wickelte sie in eine Decke und hieß sie, sich dort hineinzulegen. Dann bedeckte sie ihren Körper mit Erde, bis nur noch zwei dicke Strohhalme herausschauten, die in ihrem Mund steckten und durch die sie atmen konnte. Amai lag mit geschlossenen Augen im Dunklen und spürte die schwere, sonnengetränkte Erde auf ihren Lidern, dem Gesicht, ihrer Brust, dem Bauch, auf Armen, Beinen, dem ganzen Körper. Panik wallte in ihr auf. Wie lange sollte sie in diesem Erdsarg aushalten? Serafina hatte nichts weiter erklärt. Vielleicht wäre sie, wenn sie alle Kräfte zusammennehmen würde, sogar fähig, aus der Erde aufzustehen. Aber dann hätte sie das Ritual unterbrochen. So vergingen Minuten um Minuten. Langsam verlor Amai jegliches Zeitgefühl. Sie tauchte ein in die Tiefe der Dunkelheit, in die Leere des Nichts, des Nichts in ihrem Herzen. Erinnerungen tauchten auf. Ihr trotziger Weggang aus der Schule, Zaccaria, der ihre Großmutter liebte, die gesichtslose Mutter, Tomás' Gewalt gegen ihren Körper und ihre Seele. Und irgendwann erschöpften sich ihre Gedanken. Amai wurde ruhiger, ihre Wahrnehmung drang in ihren Körper ein, sie fühlte Muskelspannungen, Organe, ihr Skelett aus Knochen und das Fleisch, das sie einhüllte, ja, sie fühlte sogar den winzigen hohlen Raum in ihren Knochen. In manchen Verspannungen und Organen begegnete sie alten Ängsten, als wenn sie sich darin eingenistet hätten. Wie sehr hatten doch Ängste aus frühen Erfahrungen ihr bisheriges Verhalten bestimmt! Da war ein Bedürfnis nach Sicherheit, andererseits ein Streben nach Unabhängigkeit und Freiheit, die sich gegenseitig im Weg standen.

In ihrer Körpermitte tat sich ein gähnendes Loch auf, das ihr gleichzeitig so fremd und doch so unendlich vertraut war. Eine Welle des Schmerzes überschwemmte sie, riss sie mit sich fort und sie wurde von dem Loch verschlungen. Aus seiner Tiefe dröhnte es: »Ich bin es nicht wert, geliebt zu werden, werde nie um meinetwillen wirklich geliebt und habe unglaubliche Angst, verlassen zu werden, wieder und wieder verlassen zu werden.«

Es geschah alles so schnell. Zwei Faustschläge, dann lag sie auf dem Boden. Tomás trat auf sie ein, immer weiter trat er auf sie ein. Mit seinen Füßen trat er ihren geschundenen Körper, Rücken, Gesäß, Oberschenkel, Arme. Sie krümmte sich so gut es ging zusammen, um sich zu schützen. Hielt den Arm vor das Gesicht. Abwehrend. Voller Todesangst. Erbärmlich ausgeliefert. Hilflos gegenüber der unkontrolliert über sie hereinbrechenden Gewalt. Niemals zuvor hatte sie sich jemandem so ausgeliefert gefühlt. Niemals zuvor hatte sie solche Angst vor einem Menschen gehabt. Demselben Menschen, dem sie vorbehaltlos ihr Herz geöffnet hatte. Den sie liebte. Die Todesangst kroch in sie hinein und begegnete plötzlich einer zweiten, ganz ähnlichen Todesangst. Jener vom Beginn ihres Lebens, als sie sich im Leib der sterbenden Mutter befand. Beide verbanden sich und waren gemeinsam stärker als je zuvor. Der Eindruck, keine Existenzberechtigung zu haben, wurde mit jedem Fußtritt tiefer und tiefer. Sie war es nicht wert, da zu sein, deshalb wurde sie zertreten. Was geschah, war nur folgerichtig.

Jeder neue harte Tritt mit seinem Schuh traf durch die Kleidung ihr weiches Fleisch, die darunter liegenden Muskeln und Knochen. Lähmende Hilflosigkeit breitete sich in ihr aus, unerbittlich wie ein Sandsturm in der Wüste.

Dann sah sie, wie ihr linker Arm aus dem Sand hervorragte. Fast wie ein Sieger streckte er sich, wehrte sich, trotzig, entschlossen. Wütend. Entweder würde er gebrochen werden oder er würde überleben und sie mit ihm. In diesem Augenblick erkannte sie, sie war die Geschlagene, aber genauso schlug er sich selbst, sie war die Verletzte, doch tiefer noch verletzte er sich selbst, seine innere Unschuld. Sie war eins mit allen geschlagenen und unterdrückten Frauen und eins mit dem, der sie schlug. Je härter die Schläge sie trafen, desto mehr Mitgefühl strömte aus ihrem Herzen für jenen, der sich selbst nicht kannte und sich in der Tiefe seines Wesens ablehnte, indem er jenen, die er am meisten liebte, die größten Schmerzen zufügte, sie dazu brachte, ihn wieder und wieder zu verlassen. Eins wurde sie mit allen Geschlagenen und Geschundenen der Erde, fühlte den Staub im Mund und die Verachtung dessen, der über ihr stand. Doch ihre Seele, ihre wahre Natur, war unzerstörbar, unverletzbar und heilig; er mochte treten, so viel er wollte, er konnte diesen innersten Tempel nicht erreichen und er konnte ihm kein Leid, ja nicht einmal den kleinsten Kratzer zufügen.

Leid aus jahrhundertealten Leben schien lebendig zu werden. Amai verlor das Bewusstsein.

Die Kraft der Erde drang in sie ein bis in den innersten Raum ihrer Knochen. Die dunkle gewaltige Kraft der Erdmutter saugte den offen gelegten Schmerz aus ihrem Leib, nahm ihn in sich auf und Amai wurde heil. Nach Jahren des Dürstens war sie in die Wohnstatt ihres Herzens zurückgekehrt. Die Sanftmut und Beständigkeit der Erde, die sie einhüllte, schmolz jeden Widerstand. In diesem außergewöhnlichen Seinszustand erfuhr Amai die vielen Gesichter von Mutter Erde. Sie spiegelten sich in ihrer Seele wider und aus ihrem Herzen erhob sich ein Gebet: ›Du, Mutter, bist die, die ist und war und sein wird. Du gebierst alles. Sie mögen dir Namen geben, wie es ihnen gefällt, doch du bist die Unveränderliche, die Ewige, die sich verströmt und doch nicht leer wird, die im Herzschlag der Zeit durch die Jahrhunderte geht, treu den Menschen an ihrer Seite, die sie trägt und beschützt und ihre Tränen trocknet. Heilige Weisheit der Liebe, große Mutter, Geheimnisvolle, Nährende. Du, Mutter, reißt mein eingetrocknetes Herz auf, du knetest es und machst es weich und beweglich. Du atmest deinen Atem hinein, deinen Feueratem, der lachend aus dir herausbricht, in mich hineinfließt, der meine Ängste überwältigt, groß zu sein, lebendig, grenzenlos. Du küsst mich und hegst mich. Ich kralle mich an deine Mutterbrüste, sauge deine Unbesiegbarkeit, deine wilde Freiheit, lasse sie wie Honig in mich hineinfließen. Ich atme mit dir, Mutter, bis dein Lachen aus mir heraus bricht und dein Leben mit meinem Leben verschmilzt. Verschlinge mich, große Mutter! In deinem dunklen Bauch ist nur Süße und Strömen. Du formst mich und speist mich aus, nur um mich wieder aufzusaugen. Aus deinem Schoß geht der Mensch hervor als ein anderer, ein Schauender.‹

Nach und nach wurde Amai von einem stillen, zärtlich pulsierenden Licht erfüllt.

Die Sonne ging glutrot hinter dem Wald unter und tauchte die Bäume ins Licht, bis sie brannten in ihrem Liebesfeuer. Amai saß auf einer Holzbank. Morgens hatte Serafina sie wortlos lächelnd aus dem Erdbett herausgeholt, sie unter einem kleinen Wasserfall gewaschen und von der Erde gereinigt, ihren Körper mit duftendem Rosenöl eingerieben und sie den Tag über sich selbst überlassen. Der Druck und das Licht in der Mitte ihrer Stirn setzten sich fort. In dieser Ewigkeit unter der Erde war ihr eine so überwältigende Erfahrung zuteil geworden, dass ihr Körper fast zu schwach schien, dieses strahlende Licht zu ertragen, das sich in ihr ausbreitete. Irgendwann jedoch war auch die letzte Angst, das letzte Zögern überwunden, und sie fand sich mühelos dem Strom von Licht hingegeben.

Am übernächsten Tag war ihr Geist ruhig und ihr Leib weiterhin voller Licht und Wohlbehagen. Urteilslos beobachtete sie alles, was in ihr und um sie herum entstand. Die Welt der Energie, die sich ihr eröffnet hatte, fühlte sich beinahe so wirklich an wie die Welt, in der sie bisher gelebt hatte.

Amai und Moru verbrachten unbeschwerte Wochen bei Serafina. Moru lernte von seinen jungen Freunden Jagen und Fischen. Sie hingegen staunten über seine Fertigkeiten im Schreiben und Lesen und er ließ sich nicht lange bitten, sie darin zu unterweisen. Die alte Heilerin teilte ihr unerschöpfliches Wissen mit Amai und lehrte sie den Umgang mit Kristallen, den Hütern der Erde, wie sie zu sagen pflegte. Stundenlang saßen sie zusammen vor der Hütte und reinigten die farbigen, durchsichtigen und glänzenden Steine. Serafina wählte einzelne Steine aus und fertigte mit geschickten Fingern Amulette und Schutzanhänger für Kranke. Amai bewunderte die prächtige Sammlung, die Serafina im Lauf ihres Lebens zusammengetragen hatte.

»Sie kommen aus dem Bauch der Erde, wo sie Jahrhunderte lang gewachsen sind. Wie die Baumriesen sind sie lebendige Wesen und tragen dazu bei, den Herzschlag der Erde im Gleichklang zu halten. In der Dunkelheit der Berge haben sie ordnende Kräfte in sich kristallisiert und vermögen dadurch Krankheiten zu heilen und Erstarrtes wieder zum Fließen zu bringen. Auch erlauben sie uns, hinter die Schleier in das Verborgene zu schauen, weil sie unsere Klarheit schärfen.«

Serafina zeigte ihr Steine wie den dunkelgrauen Hämatit, die bei Entzündungen kühlten und zur Blutstillung dienten, aber auch Ängste mildern und den Schlaf verbessern konnten. Kristalle wie der goldene oder der blaue Topas halfen, die Verdauung zu normalisieren, Verwirrung zu klären und alte, belastende Gefühle zu verarbeiten. Andere dienten der Stärkung der Körperkraft bei Erschöpfung und schwerer Krankheit. So vermochte ihre geliebte Kette aus Aquamarinsteinen sie einst so gut zu unterstützen, weil sie die körperliche Abwehrkraft und ihre Entschlossenheit und Zielstrebigkeit stärkte, bis sie sich endlich auf den Weg zu Meister Dorje machte und dem Drängen in ihrem Herzen folgte. Die alte Heilerin legte Kristalle auf geschwächte Körper auf, gab sie ins frische Wasser und ließ den Erkrankten davon trinken oder zerrieb sie, um daraus Medizin herzustellen.

Serafina wog den faustgroßen, schwarzen Obsidian, der Amai auf ihrer Reise begleitete, in ihrer Hand.

»Warum denkst du, hat mir jene Frau diesen Stein übergeben, Serafina?«

»Was geschah vorher?«, fragte die Mayafrau zurück.

Amai zog die Beine an und umschlang sie mit ihren braungebrannten Armen.

»Am Vortag besuchten wir Uxmal. Ich war wie betäubt, als ich vor der ovalen Pyramide der Zauberin stand. Sie war genauso, wie ich sie vor Jahren in meinem Traum gesehen hatte. Ihretwegen habe ich mich auf den Weg in dein Land gemacht. Ich fühlte mich, als wäre ich endlich, nach langer, langer Zeit, wieder zuhause angekommen. Die Pyramide zog mich in ihren Bauch hinein, betörte mich und verführte meinen Geist, der ungestüm nach Erklärungen verlangte und nicht wusste, wie ihm geschah. Die weiße Zauberin duldete keine Ängste und schleuderte mich in eine raumlose Tiefe, in der sich unfassbar schöne Welten auftaten.«

Serafina lächelte, als wäre damit schon alles gesagt. Sie streichelte über den schwarzen Stein.

»Die weiße Frau hat dich zur Weltenwanderin gemacht, richtig?«

»Ja, genauso habe ich es gehört! Weißt du, was das bedeutet, Serafina?«

»Du hast eine Gabe, Amai. Eine Aufgabe. Dir ist es gegeben, die inneren Welten der Seele besuchen zu können und die fein gewebten Fäden der wahren Natur bei anderen zum Schwingen zu bringen, ihnen den heiligen Klang zu entlocken, der die Seele zum Tanzen bringt. Der schwarze Obsidian ist der Stein der Seherinnen. Er erleichtert dir den Zugang zu anderen Welten. Er wird dich lehren, immer mehr auf die Stimme deines Herzens zu vertrauen, deiner einzigen und wirklichen Lehrerin. Er fordert unerschütterlichen Mut, liebe alte Gewohnheiten hinter sich zu lassen. Er weckt in uns brach liegende Kräfte. Verwirrend und beunruhigend mag er wirken, wenn du seine Kraft unvorbereitet in dich einströmen lässt. Vergiss nie, dich vorher

166

auf ihn einzustimmen und deinen Geist zu klären, ehe du dich mit ihm verbindest, da er deine Gedanken und Gefühle verstärkt. Achte ihn! Die Bilder, Empfindungen und Gedanken, die dir in den Sinn kommen, wenn du dich auf ihn ausrichtest, enthalten eine Botschaft für dich. Es war kein Zufall, dass gerade dieser Stein zu dir gekommen ist. Er half dir sicherlich auch, in der Not klare Gedanken zu bewahren und unterstützte dich auf der Suche nach dem verschwundenen Freund.«

Später hielt Amai den Stein in ihrem Schoß und lauschte in ihr Herz. Als sie selbst wie ein Kristall in der Erde vergraben lag, hatte sie verstanden, dass der Gabe wirklichen Heilens die Ganzwerdung ihres eigenen Herzens vorausgehen musste. Sie dachte an eine Kranke, die einst zu ihr gekommen war, aber keine ihrer Pflanzen wollte etwas bewirken. Damals hatte sie an ihrer Fähigkeit gezweifelt. Aber Heilwerden geschah manchmal laut, manchmal jedoch ganz leise und gemächlich, als wenn es des Menschen Abwehr und seinen Glauben, dass es das Leben nicht gut mit ihm meine, heimlich überlisten wollte. Heilwerden hatte seine Zeit wie alles, was wirklich wichtig war.

Abends fielen dicke, vom Land schon lange herbeigesehnte Regentropfen. Bald regnete es aus vollen Kübeln, die Dorfbewohner sprangen von Pfütze zu Pfütze und überall verbreitete sich eine ausgelassene Stimmung.

Zu jeder Tages- und Nachtzeit nahm Serafina die junge Frau mit auf ihre Wanderungen durch die wilde Natur und zu versteckten, heiligen Plätzen der Maya. Bei den Kranken, die sie besuchten, lehrte sie Amai durch ihr Beispiel. Serafina konnte wie Elia in den Herzen der Menschen lesen.

Eines Nachmittags schaukelte Amai im Schatten zweier Bäume zufrieden in einer Hängematte. Serafinas Blick ruhte lange auf ihr, ehe sie die junge Frau zu sich winkte.

»Amai, auch wenn dein ungläubiger Geist noch immer Zweifel daran hegt: Du bist bereits eins mit deiner innersten, deiner wahren Natur, du bist es immer gewesen. Erkenne deine Fähigkeiten und Kräfte, nimm sie an und trage sie in die Welt hinaus.« Und dann lehrte sie Amai, ein Ahnenschiff anzufertigen.

Am Abend, als sie das fertige Schiff aus Holz, Pflanzenteilen, Steinen und allerlei Vogelfedern in Händen hielt, erzählte ihr die Schamanin am Feuer über das Erbe ihrer weiblichen Ahnenlinie und deren Aufgaben in der Welt.

Sie zeigte auf den Mast des Schiffes, der in der Mitte hoch aufragte und mit farbigen Bändern umwickelt war.

»Ein Ahne überragt alle und dieser Ahne ist umgeben von Regenbögen. Unsere Urmütter und Urväter sind die Regenbogenleute. Manche unserer Vorfahren haben vielleicht noch nicht gewusst, wer die Hüter des Regenbogens sind, doch ihre Kinder und Kindeskinder werden es wissen. Der Regenbogen ist das Zeichen der unauflösbaren Verbindung zwischen Himmel und Erde. Die Botschaft zeigt sich überall.

Zwischen deinen Ahninnen und dir besteht eine enge Verbundenheit, obwohl du dich in der Vergangenheit oft einsam fühltest – doch ist die Verbindung niemals abgerissen. Medizinleute und Kräuterfrauen sitzen in deinem Ahnenboot. Darin gibt es Medizin, mit der du schon arbeitest, Naturmedizin, die du herstellst, Steinmedizin, Medizin aus Klang, Medizin aus reiner Absicht und Liebe. Das ist dein Medizinboot der Ahnen und Ahninnen. Amai, habe niemals Angst! Du hast manchmal Angst vor deiner eigenen Stärke. Angst existiert nicht. Angst hält dich davon ab, vollständig anzuerkennen, dass es richtig ist, was du spürst und was du tust. Einzig dein Herz ist deine wahre Meisterin, folge ihr von nun an.«

In der Nacht träumte Amai, dass sie in ihrem Menschenkörper hoch oben in der Luft flog. Die Arme dienten ihr als Flügel. Sie flog frei und losgelöst.

Am Vorabend ihres Abschieds saß Amai mit Serafina wieder am Feuer.

»Warum erinnert mich vieles, was du mir in den vergangenen Wochen erklärt hast, an die Lehren meines Meisters, der aus dem fernen Tibet in meine Heimat gekommen ist?«, fragte sie Serafina. »Es scheint mir manchmal so sehr vertraut. Auch du sprichst von der wahren Natur des Menschen.«

Serafina blies ins Feuer und entfachte die Glut.

»Die Legende besagt, dass sich einige Weise vom hoch entwickelten Volk des versunkenen Atlantis vor seinem Untergang retten konnten. Ihre Boote brachten sie an die Ufer der Halbinsel Yucatán, andere erreichten das Land Ägypten, und wieder andere gelangten ins Hochland des Himalaja und nach Tibet. Jede Gruppe bewahrte das kostbare Wissen, das sich allmählich in die Kultur des jeweiligen Landes integrierte. Eine enge geistige Verwandtschaft verbindet die drei Kulturen, weil sie demselben Ursprung entstammen. So ist es nicht verwunderlich, dass die alten Wissenden ähnliche Worte und Bilder aus ihrem gemeinsamen Erbe in ihrem Herzen tragen.«

Am letzten Morgen besuchte Amai bei Sonnenaufgang einen Platz in der wilden Natur, den sie sehr lieb gewonnen hatte. Im Schutz eines Steinkreises lauschte sie der erwachenden Welt und sang im Morgenwind ihr Lied, voller Dankbarkeit über ihr heil gewordenes Herz.

Mit dem voll bepackten Beutel, seltenen Heilkräutern, dem schwarzen Stein und dem Schlangenstab machte sie sich auf den Weg. Serafina und Moru standen inmitten der

Dorfgemeinschaft. Ihr treuer Wegbegleiter hatte sie gebeten, für eine Weile bei Serafina und seinen Freunden leben zu dürfen. In den vergangenen Wochen hatten seine Augen einen leuchtenden Glanz bekommen, weshalb Amai ihm diese Bitte nicht abzuschlagen vermochte. Sie war gewiss, dass auch Zaccaria an ihrer Stelle so gehandelt hätte.

Zum Abschied sagte sie zu ihm: »Finde heraus, was du wirklich willst, Moru. Ein Mensch sollte in seinem Leben das tun, was er am besten kann, weil er es am liebsten hat, weil sein Herzblut daran hängt und seine Seele dadurch erblüht. Je mehr von seinem wahren Wesen er in sein Tun hineinlegt, desto wirklicher wird sein Handeln sein.«

Sie umarmte Moru und Serafina ein letztes Mal.

»Leb wohl, Serafina! Es gibt keine Worte, um all das Glück zu beschreiben, das ich bei dir erfahren durfte.«

Die Dorfbewohner winkten ihr zum Abschied und Serafina schaute der jungen Frau noch nach, als die Menschen schon wieder den gewohnten Aufgaben des Tages nachgingen.

›Der Zustand von Glücklichsein will ebenso wie jener von Frieden, Kraft, Freiheit und Liebe nach und nach erfahren werden‹, sandte sie ihre Gedanken der Scheidenden nach. ›Ein Zuviel solcher kostbarer Erfahrungen erträgt ein ungeübtes Menschenherz nicht auf einmal. Auch in der Glückseligkeit offenbart sich die wahre Natur des Menschen. Dein nächstes Reiseziel, die Insel der Frauen, möge dich in dieses Geheimnis einführen, Amai!‹

Amai wanderte Richtung Norden. Nach zwei Tagesreisen erreichte sie eine kleine Stadt, von der aus frühmorgens ein Fährboot zur Isla Mujeres, der Insel der Frauen, übersetzen würde. Ehe sie sich schlafen legte, saß Amai im Park neben ihrer Unterkunft und betrachtete die Menschen.

Ein junger Mann liebkoste seine Liebste, ungeachtet der Welt um sie herum. Ein Kind spielte vergnügt mit einer Puppe. Seine Großmutter unterhielt sich indes angeregt mit anderen Frauen, während sie eine Handarbeit durch ihre flinken Finger laufen ließ, ein Mann schnarchte unter einem Baum. Amai aß die sauren Früchte, die sie von einer Marktfrau erstanden hatte. In Serafinas Dorf hatte sie abermals darüber nachgedacht, ob es wohl an der Zeit sei, in ihr eigenes Land zurückzukehren, zumal Moru die gemeinsame Reise nicht fortsetzen wollte. Es war die Mayafrau, die ihr die Entscheidung abgenommen hatte. Sie hatte entschieden darauf bestanden, dass Amai unbedingt noch den Tempel der Göttin Ixchel auf einer der Inseln vor dem Festland besuchen sollte.

Als sie im Morgengrauen die Fähre bestieg, waren überall schon Fischerboote unterwegs und die Schreie der Möwen erfüllten die Luft. Amai sog die frische, salzige Brise des Ozeans ein. Aus der Ferne konnte sie bereits die Insel erkennen. Ein einsamer Tempel wurde an ihrem südlichen Ende sichtbar. Die Insel der Frauen beherberge ein besonderes Heiligtum ihres Volkes, hatte Serafina ihr erzählt, das einzige, das einer Göttin geweiht sei. In alter Zeit hätten sich Frauen auf die Insel zurückgezogen, um sich der nährenden Kraft von Mutter Erde zu öffnen und durch die Hilfe der dunklen Mondgöttin Ixchel zu einer glücklichen Geburt oder zu ihrer eigenen Bestimmung zu finden.

Die Fähre legte an. An den Marktständen herrschte überall geschäftiges Treiben und Fischer breiteten ihre Netze auf den Felsen zum Trocknen aus. Amai schaute sich suchend um.

»Weißt du, wo ich übernachten könnte?«, wandte sie sich an ein Mädchen. Das Kind nickte, fasste ihre Hand und führte sie durch ein Gassengewirr bis vor ein weiß getünchtes Haus, dessen Fenster weit offen standen. Das Mädchen rief laut und eine dicke Frau trat aus dem Haus. Amai brachte ihr Anliegen vor, worauf die Frau ihr ein freundliches Zimmer zeigte.

Das Fenster öffnete sich zum Meer hin und bot einen großartigen Ausblick. So nahe am Meer hatte sie noch nie gewohnt. Bei einem üppigen Mittagessen erzählte ihr die gemütliche Mexikanerin einiges über die Insel und die sagenumwobene Mondgöttin des Tempels. Die Inselbewohner fürchteten die Göttin Ixchel, weil sie das Wasser beherrschte; sie konnte Sturmfluten und Überschwemmungen schicken. Sie spendete Leben und verschlang es wieder. Auf ihrem Kopf trug die Mondgöttin eine Krone aus zwei ineinander verflochtenen Schlangen.

Später machte Amai einen Spaziergang am Meer entlang und legte sich unter eine Palme. Sie ließ den weißen Sand durch ihre Finger rieseln und hing ihren Gedanken nach. Mit den Fragen war es wie mit den Absichten. Sie hatte entdeckt, dass sie nur zu fragen brauchte. Nicht die Antwort war bedeutsam, sondern die Frage. Die Sehnsucht. Sie setzte alles in Gang. Sie war die treibende Kraft, die die Welt erschuf. Solange es eine aufrichtige Frage gab, so lange gab es Reibung, Anziehung zwischen den Kräften, Hoffnung, Schöpfung – so lange wohnte die göttliche Kraft in dieser Welt. Hatte nicht sogar jener, den die Christen Gottes Sohn nannten, sterbend immer noch gefragt: Warum hast du mich verlassen, mein Gott?

Auf der Insel war die Stimmung völlig anders als auf dem ausgetrockneten Festland. Eine heitere Leichtigkeit lag in der Luft. Am frühen Abend lief Amai durch das Fischerdorf, hinauf auf den südlichen Hügel. An der äußersten Inselspitze, nahe den Felsklippen, stand er: der uralte Maya-Tempel der Ixchel.

Amai setzte sich auf einen Felsen und betrachtete das türkis funkelnde Wasser unter ihr. Das Meer rollte mächtig heran, schäumte, brandete auf und breitete seine Gischt aus wie einen weichen, weißen Teppich zu Füßen der Mondengöttin. Der Ozean umspülte den kleinen Tempel mit seiner Verehrung. Amai sang das Lied. Auf einer Steilklippe sah sie vor ihrem inneren Auge eine junge Frau in einem fließenden Gewand stehen, eine anmutige Gestalt, die Haut von bräunlichem Schimmer. Sie lächelte zu ihr herüber. Sollte dies die Furcht erregende Göttin Ixchel sein? Amai sang, im Schauen versunken, abermals das Lied der Großmutter, als sie die Gegenwart der Frau neben sich gewahrte. In der untergehenden Sonne erfuhr sie auf dem Fels des Tempels der Göttin die durchdringende Gewissheit, dass ihrem Leben nichts fehlte – ihr Sein trug eine ungeahnte Sinnhaftigkeit in sich. Es war nicht wichtig, irgendwie, irgendetwas zu sein. Es genügte zu sein, da zu sein, im heiligen Tempel ihres Leibes und der Seele, die ihn bewohnte. Das war das wirkliche Sein, jenes, nach dem sie sich ihr Leben lang gesehnt hatte. Langsam und feierlich sang Amai immer weiter. Auf diesem Felsen wurde sie durch die weiß gekleidete Frau in das Geheimnis ihres Lebens eingeweiht. Der Schlange gleich war auch sie Mittlerin zwischen sichtbaren und unsichtbaren Welten, und ihre Hüterin. Amai fühlte das lange Band der Zugehörigkeit zu ihren Ahninnen und Ahnen, den Frauen und Männern der Vergangenheit und Zukunft. Liebe und Freude steigerten sich ins Unermessliche und durchdrangen ihr Sein. Sie hörte die Frau sagen, wie sehr sie geliebt werde und dass sie immer mit ihr in Verbindung sein werde, wenn sie dies wünsche. Lächelnd fügte sie noch hinzu, sie sei niemals furchterregend, nur die Menschen, die ihrer eigentlichen Bestimmung und der Stimme ihres Herzens beständig aus dem Weg gingen, hätten ihr solch zerstörerische Kräfte zugeschrieben. Durch das Lied des Kristalls breitete sich ein regenbogenfarbenes Netz aus Licht vom Tempel über die Erde aus und verströmte sich tief hinein ins Universum.

Als die Sonne schon lange untergegangen war, saß Amai noch immer auf dem Fels, mit offenem Herzen und durchdrungen von der Kraft der Elemente. Sie erfuhr die Vollkommenheit aller Schöpfung und ihrer selbst und erkannte das göttliche Spiel, in dem alles miteinander verwoben war. Sie hatte einen Platz auf dieser Erde und fühlte den Segen in ihrem Dasein. Sie war angekommen, in ihrer wahren Natur, zuhause. Helles Leuchten erfüllte ihre Seele.

Als sie sich auf den Heimweg machte, bemerkte sie eine Inschrift an der hinteren Tempelmauer:

Tempel der Göttin Ixchel, Regenbogenfrau, Mutter aller Götter, Gefährtin von Itzamna, dem Schöpfer, Herrin der Meere, Göttin des Mondes und Herrin der Wellen, Hüterin der Geburten und der Heilkunst.

›Hier hat die Urkraft Form und Namen angenommen und sich der Menschenwelt gezeigt‹, dachte Amai glücklich, ›als Mutter der Elemente, der Götter und des Lebens, als Urmutter aus dem Himmelsraum der gebärenden Liebe, als Hüterin des Leben spendenden Wassers und Beschützerin von Geschlechtlichkeit, Fruchtbarkeit und des Lebens selbst‹, und sie folgte in der lauen Nacht der Straße, die sie sicher zum Dorf geleitete.

Am nächsten Morgen erwachte Amai spät und hungrig, schlüpfte in Hemd und Rock und lief mit offenem Haar zu einer der kleinen Kneipen im Dorf. Sie hatte das Bedürfnis, die vielen Eindrücke in ihrem Inneren zu ordnen. Der gestrige Abend hatte sie aufgewühlt. Als sie in die nahezu menschenleere Gaststube trat, wunderte sie sich über die eigenwillige Einrichtung. An den Wänden hingen runde, eckige und verschnörkelte Spiegel in dicken Rahmen aus Gold oder Silber. Ihr Spiegelbild blickte sie von allen Seiten an und Amai fühlte sich merkwürdig beobachtet. Trotzdem setzte sie sich an einen Holztisch nahe der Wand und bestellte zum Frühstück ein Glas frischen, grünen Minztee.

›An einem fremden Ort fallen die gewohnten Orientierungen von uns ab‹, dachte sie, im Herzen offen für jede Erfahrung.

Die Spiegel warfen ihr Körperbildnis urteilslos auf sie zurück. In den vergangenen Monaten war sie in zahllosen, wiederkehrenden Momenten in die Tiefen ihrer Seele und in ihre wahre Natur eingetaucht. Nach und nach war ein inneres Gewahrsein entstanden, das wie ein stilles Hintergrundrauschen auch bei alltäglichen Handlungen anwesend war. Die wahre Natur war der Spiegel oder das große Meer, das, ob als verspieltes Wellengekräusel oder gewaltiger Wellenberg, trotz seiner mannigfaltigen Ausdrucksformen doch immer der gleiche Ozean blieb. Und je nach Spiegelbild, je nach Art der Welle schmeckte sie nach Freiheit, Stärke, Weite, Frieden, Liebe, Unzerstörbarkeit …

Amai trank einen Schluck Tee, dessen Aroma sich wie freundlich erfrischender Balsam in ihrer Mundhöhle entfaltete. Sie ahnte, dieser Strom leuchtender Bewusstheit war alles, was wirklich existierte und was den eigentlichen Seinszustand des Menschen ausmachte.

Eine kleine, wendige Frau brachte einen Teller mit goldgelb gerösteten Bratkartoffeln, schwarzen Bohnen, Spiegeleiern und gebratenem Speck. Amai dankte dem Tier, das ihr sein Fleisch geschenkt, und den Pflanzen, die ihr zur Nahrung gewachsen waren. Mit jedem Atemzug befand sie sich inmitten von Leben und Vergänglichkeit, alles stand in wechselseitiger Beziehung.

Dann holte sie das braune, schon reichlich abgewetzte Buch aus ihrem Beutel und schrieb auf eine der übrig gebliebenen Seiten:

Unsere wahre Natur existiert vor aller Erfahrung und umschließt alle Erfahrung. Sie lebt und atmet immerfort im natürlichen Gewahrsein großer Vollkommenheit. Alles, was aus der Leere heraus entsteht, Raum, Zeit und Form, ist Ausdruck ihrer unbegrenzten Erscheinungsarten. Leere und Form sind ihre ureigene Spielart, die ursprüngliche Natur trägt alle Vielfalt des Seins in sich, wie ein Mensch, der, schlafend oder tanzend, immer derselbe bleibt. Mein Körper ist der Tempel, durch den ich die Welt erfahre. Die Wirklichkeit entfaltet sich in jedem Augenblick neu und durchzieht alles Sichtbare und Unsichtbare. Erleuchtung und Bratkartoffeln haben denselben Geschmack. Gott und ich sind ein sich immer weiter vertiefender Bewusstseinsstrom, der jeden Menschen, den Himmel, die Meere und die Welten durchzieht. Und daraus entsteht unaufhörlich neues Leben.

Amai strich mit der Hand nachdenklich über das Geschriebene. Eine Fliege labte sich an den Krümeln ihres Brotes. So folgte der Tag in der Gaststube seinem eigenen Rhythmus. Nach der monatelangen Reise unterwegs auf Pferdekarren, staubigen Straßen und in wilder Natur genoss sie die Ruhe und gelassene Trägheit der Kneipe und verbrachte Stunde um Stunde schreibend an dem runden Tisch. Sie brachte ihre Reiseerinnerungen zu Papier und gewann daraus tieferes Verstehen. Zum Schluss verschnürte sie das in Leder gebundene Buch sorgfältig.

Täglich wanderte sie am Meer entlang, legte sich in den Sand und überließ sich ihren Gedanken. Wohin sollte sie gehen? Sie fühlte sich so frei wie niemals zuvor. Eines Nachmittags schlief sie im Schatten einer Palme. Im Traum saß ihr Meister Dorje gegenüber, in aufrechter Haltung und beinahe durchsichtig, seinen Blick wie zum Abschied fest auf sie gerichtet. Erschrocken schlug Amai die Augen auf und wusste, sie musste unverzüglich zur Schule zurückkehren.

An diesem Abend wanderte sie noch einmal zum Tempel der Göttin auf der südlichen Felsklippe. Im Schutz seiner uralten Mauern schenkte Amai der Erde die letzten Tropfen des Wassers, das sie zu Beginn ihrer Reise zubereitet hatte. Feierlich trat sie vor das Heiligtum.

»Ich ehre diesen heiligen Platz, Mutter Erde, den göttlichen Lebensatem und die Kraft der sich immer neu gebärenden Schöpfung.«

Aus der Stille heraus vernahm sie die Worte: »Sei der Mensch, der du bist.«

Als Amai mit offenen Händen und Haaren im Sonnenuntergang stand, sich der Himmel zu ihrer Linken rötlich färbte und die Wellen an die Klippen brandeten, entfaltete sich aus ihrer Mitte heraus mühelos ein tiefer, umfassender Bewusstseinsstrom und sie fühlte, dass Gut und Böse nicht existierten und alles Sein im Strom reinen Gewahrseins und vollkommener Freiheit aufging. Ihr ganzes Wesen wurde davon durchdrungen, ihr Herz war offen wie der Himmel. Und die weiß gekleidete, schöne Frau, die Mondengöttin mit dem türkisblauen Sternenumhang und der Schlangenkrone auf ihrem Haupt, stand lächelnd auf dem Fels und grüßte sie über alle räumlichen Entfernungen hinweg. Große Vögel lagen über der Landzunge gen Süden nahezu unbeweglich in der Luft. Der Himmel entfaltete ein großartiges Schauspiel und die Erde hielt den Atem an, schaute und staunte. Sich durchdringende Farben wechselten einander ab, verschmolzen miteinander – Rosa und Rot, Lila,

Blau, Nachtblau, samtiges Purpur, Violett. Eine gewaltige Wolke schob sich vor die Sonne, die nach einer kurzen Weile darunter wie ein bergendes Schiff am Horizont wieder auftauchte, um sich dann in einen glutroten Feuerball zu verwandeln. Kein Windhauch regte sich, der Himmel liebte überströmend, und Amai wurde wortlos in die tiefe Gegenwart von Liebe hineingenommen.

Am nächsten Morgen erwachte sie früh und erlebte am Strand, wie ein neuer, zartroter Tag anbrach. Die Morgen waren die stillsten in dem kleinen, weißen Fischerdorf. Ein paar kreischende Möwen zogen über den Himmel, Wellen plätscherten an die weiche Rundung der Bucht und in der noch frischen Luft lag der Geruch der See und der Erde. Die ersten Sonnenstrahlen spiegelten sich im Wasser wider, als ob sie zärtlich sagen wollten: »Hallo, hier sind wir wieder.« Da schien Amai die Welt in ihrer Schönheit und Anmut ebenso vollkommen wie ihre wahre Natur: vollständig und unzerstörbar.

Auf dem Festland bestieg Amai den ersten einer Reihe von Überlandbussen, die sie den langen Weg über die Berge nach Chile, in ihre Heimat, brachten.

Müde und erschöpft läutete sie spätabends im Dorf am Fuß des Berges die Glocke einer Pension und die Besitzerin erkannte sogleich, dass sich die junge Frau kaum mehr auf den Beinen halten konnte. Amai schlief tief und traumlos und erwachte erst gegen Mittag. Sie fühlte sich ausgeruht, auch wenn ihr Körper von den Strapazen der Reise noch wie zerschlagen war. An diesem Samstag im Herbst schien die Sonne golden auf das Land, doch ihr war bange ums Herz. Nach dem Frühstück machte sie sich an den Aufstieg zur Schule. Die Bäume trugen schon rotbraune Blätter und es roch nach Moos, Laub und Pilzen. Der Pfad war ihr ungemein vertraut. Schon von ferne erblickte sie das weit aufragende Dach des Gebäudes. Was würde sie erwarten? Würde sie zu spät kommen? Ihre Schritte beschleunigten sich. Sie klopfte an das schwere Holztor.

Eine ihr unbekannte Frau drehte quietschend den Schlüssel und öffnete die Pforte.

»Darf ich bitte eintreten? Ich heiße Amai und lebte vor einigen Jahren in eurer Gemeinschaft«, brachte sie aufgeregt ihre Bitte vor.

Die Frau musterte sie gleichmütig und schlug ihr vor, im Besucherraum zu warten. Sie ließ Amai in dem spärlich eingerichteten Zimmer allein zurück. Ihr Herz schlug schneller, das Warten schien endlos. Sie öffnete das Fenster, sog die frische Waldluft ein. Als sich endlich die Tür wieder auftat, wandte sie sich um und sah – sie traute ihren Augen kaum – Raquel unter dem Türbogen stehen. Raquel, die hoch gewachsene, kluge Freundin, die ihr während des Aufenthalts in der Schule so hilfreich zur Seite gestanden war und der sie sich zutiefst verbunden fühlte. Sprachlos standen sich die beiden Frauen gegenüber, als könnten sie die unerwartete Anwesenheit der anderen nicht fassen. Dann fielen sie sich in die Arme und umarmten sich lange.

Raquel hielt Amai eine Armlänge von sich entfernt und betrachtete die junge Freundin.

»Ich kann es noch nicht glauben, dass du wirklich hier bist, Amai! Meine Gedanken weilten so oft bei dir in der Fremde. Ich wähnte dich schon für immer fortgegangen, aber Meister Dorje tröstete mich zuweilen und versprach mir, dass du eines Tages zurückkehren würdest.«

»Mir träumte, dass Meister Dorje im Sterben läge, Raquel. Danach bin ich, so schnell ich konnte, zurückgekehrt«, brachte Amai hervor und musterte besorgt ihre Freundin.

Die Augen der Älteren weiteten sich vor Erstaunen. Raquel setzte sich an den Tisch und zog auch für Amai einen Stuhl heran. In ihrem Blick lag auf einmal unendliche Trauer und Amais Herz zog sich zusammen.

Raquel nahm Amais Hände in die ihren und sagte: »Ja, es ist wahr, Amai. Obwohl er kein Anzeichen von Krankheit zeigt, hat Dorje sein Leben geordnet und bereitet sich darauf vor, unsere Welt zu verlassen.«

Amai stiegen Tränen in die Augen. Sie schluckte. Dann war es wenigstens noch nicht zu spät, um sich zu verabschieden.

»Darf ich zu ihm, Raquel?«, fragte sie leise.

»Natürlich! Ich bin so froh, dass du rechtzeitig gekommen bist! Aber nun komm erst einmal herein. Ich werde alles für deinen Besuch veranlassen.«

Sie führte Amai durch die Eingangshalle in den Innenhof, in dem einige Bewohner die Pflanzen gossen und Blätter fegten. In einer Ecke übte eine Gruppe Tanzschritte. Die friedvolle Atmosphäre rief Erinnerungen an ihre eigene Zeit in der Schule hervor, die so lange zurückzuliegen schien. Raquel verschwand und Amai verspürte den Wunsch, den Kristallraum aufzusuchen. Niemand war dort. Sie setzte sich und wurde still. Langsam fiel die Anstrengung der Reise von ihr ab. Durch ein weit geöffnetes Fenster fielen Sonnenstrahlen in den Raum. Wie oft hatte sie hier zusammen mit dem Meister und anderen Suchenden schweigend auf die Stimme ihres Herzens gelauscht. In der Gegenwart des Meisters war sie an diesem geheiligten Ort zum ersten Mal in ihre wahre Natur eingetaucht, deren leuchtender Bewusstseinsstrom ihr in den vergangenen Monaten so vertraut geworden war.

Nach der langen, ermüdenden Heimkehr eröffnete sich in diesem Raum der Sinn der letzten Jahre vor ihr wie die

Samen des Stechapfels, die zum Trocknen in der Sonne aus-gelegt worden waren: Sie war unabhängig geworden – nicht mehr hin und her geworfen von ihren Gefühlen, Gedanken oder äußeren Einflüssen wie ein Schiff auf rauer See. Inner-halb eines Bruchteils von Zeit vermochte ihr Bewusstsein wie eine geschmeidige Tänzerin die Welten zu wechseln. Ihr Wunsch in der ovalen Pyramide der Zauberin war wahr geworden: Sie war frei. Die Reise in die fremde Welt hatte sie zu sich selbst geführt. Unmittelbar und nahtlos befand sie sich im Ich wie auch in ihrer wahren Natur, weil die ursprüngliche Natur ihr kleines Ich durchdrang, ja, das Ich selbst aus ihr hervorging. Sie benötigte nicht mehr die Un-terstützung des Meisters, der ihre eigene Klarheit stärkte. Sie hatte gelernt zu warten, bis sie eine Entscheidung, eine Idee, eine Überzeugung wirklich fühlte und von ihr durch-drungen wurde, und jene wie eine Knospe in ihr heranreif-te, erblühte und ihren Duft verströmte. Sie vertraute ihrer eigenen Stärke, die aus der lebendigen Wirklichkeit heraus genährt und in jedem Moment neu geboren wurde.

Amai stimmte das Lied der Großmutter an, das Lied des unzerstörbaren Kristalls. Alles wurde klar und leicht, floss in sie hinein und trug sie mit sich fort. Auf dieser Welle des Gewahrseins verschmolz sie mit dem Meer und war an jedem Ort der Erde zuhause. Der große strahlende Berg-kristall im Raum verströmte sein Licht.

Raquel betrat den Kristallraum und setzte sich eine Wei-le still neben sie. Ihre Herzen fühlten das tiefe Verstehen füreinander, dem auch die Zeit der Trennung nichts anha-ben konnte. Schließlich erhob sich die Ältere und nickte der Freundin zu. Amai folgte ihr durch die angenehm kühlen Gänge, bis sie vor der Tür des Meisters standen und Raquel sich entfernte. Amai klopfte an die niedrige Holztür, öffne-te und trat in das Zimmer. Ihr Herz war ruhig und gefasst.

Meister Dorje saß, in Wolldecken gebettet, in dem ledernen Sessel; die Eiche vor dem Fenster wachte über ihn. Amai kniete an seiner Seite nieder, und sanft wie ein Windhauch legte der Meister seine Hand auf ihr Haar. Da konnte Amai ihre Tränen nicht länger zurückhalten. Ihre Tränen kamen vom Grund ihres Wesens, ihr Leben breitete sich zu Füßen des Meisters aus. Alle Einsamkeit, Wut, Enttäuschung, Angst, Trauer, Hoffnungslosigkeit, alles Schwere, das sie jemals erfahren hatte, wurde unter seinem Blick heil. Alles durfte da sein. Obwohl er alt geworden war, hatte sein Geist nichts von seiner unaussprechlichen Kraft verloren. Im Gegenteil, in Gegenwart der menschlichen Vergänglichkeit schien sie verdichtet und konzentrierter als je zuvor.

Dorje reichte ihr sein baumwollenes Taschentuch. Amai musste unwillkürlich lächeln und trocknete ihre Tränen. Sie richtete sich auf, blickte in sein Gesicht und erschauderte. Der Blick des Meisters war so tief wie das Meer und so weit wie der Himmel und sie verlor sich in seinen Augen. Sein Bewusstseinsstrom vereinigte sich mit dem ihren, jenseits von Raum und Zeit.

Lange Zeit später umfasste der Meister ihre Hand und sie hörte ihn mit seiner tiefen, vertrauten Stimme sagen: »Ich musste dich wegschicken, Amai. Das war notwendig auf dem Weg. Auch wenn du an mir gezweifelt hast. Aber gerade dieser Zweifel war wichtig. Der äußere Meister muss sterben, um den inneren zu gebären.«

Amai war erschüttert. Also hatte Dorje um ihre innere Zerrissenheit gewusst. Damals, als er sie so unerwartet aus der schützenden Gemeinschaft der Schule herausgerissen und mit den drei Pilgern losgeschickt hatte, hatte ihr Vertrauen in den Meister einen Riss bekommen. Wütend hatte sie die Schule verlassen und sich trotzig auf den Weg begeben. Auch wenn sie in den vergangenen Jahren eine Ahnung davon bekommen hatte, was ihn wohl zu diesem Schritt bewegt haben mochte, hatte sie nicht geglaubt, dass er den Schock voraussehen konnte, den er dadurch in ihr ausgelöst hatte …

Vater Dorje sah sie unverwandt an und hielt ihre Hand fest umschlossen. Bedächtig fuhr er fort:

»Nach Elias Tod hast du in der Schule langsam zu dir selbst gefunden. Nach der beschwerlichen Anfangszeit nahmst du an, dein Platz sei hier. Du bist Gefahr gelaufen, dich vor der Welt zurückzuziehen, ohne wichtige Erfahrungen durchlebt zu haben, weil du seit deiner Kindheit ein Gefühl tiefer Heimatlosigkeit in dir getragen hast. Der frühe Verlust von Mutter und Vater riss ein tiefes Loch in deine ungeschützte Kinderseele, das auch deine geliebte Großmutter nicht füllen konnte. Nur du selbst konntest in den Abgrund hinuntersteigen. Du musstest den Schmerz und die Bedürftigkeit bis zur Neige durchleben, um wieder ganz und heil zu werden.«

Amai spürte die warme Hand des Meisters schwer auf der ihren liegen.

»Du bist auf deiner Reise wirklich geworden, Amai. Doch glaube mir, es ist mir sehr schwer gefallen, dich ziehen zu lassen, und mein Herz hat dich an jedem Tag begleitet«.

Wortlose Liebe vereinte den Meister und seine Schülerin.

Nach ihrer Rückkehr bezog Amai erneut ein Zimmer in dem alten Gemäuer und nahm am Tagesablauf der Schule teil. Einiges hatte sich verändert, aber die besondere Kraft, die sich diesem Hort der Suche über lange Jahre eingeprägt hatte, sprach aus jedem Stein. An so manchem Abend lauschte Raquel ihren Erzählungen und staunte, was Amai alles erlebt hatte. Aus dem mutigen, unerfahrenen Mädchen war eine freie und gelassene Frau geworden.

Regelmäßig rief Meister Dorje seine Schüler in kleinen Gruppen zu sich. Amai liebte die Stunden im Zimmer des Meisters, wenn sich die Schüler um Dorje versammelten und konzentriert jedem seiner Worte lauschten. Der Meister sprach leise und manchmal schloss er die Augen und schwieg, wie um das Gesagte in seine Schüler einsinken zu lassen. Sein geheimstes Wissen legte er in ihre Herzen. Sein Gesicht leuchtete in tiefem Frieden. Schon allein die Gegenwart des Meisters machte Amai glücklich.

An einem Spätnachmittag, an dem der Himmel von dicken Wolken verhangen und im Zimmer Kerzen entzündet waren, erhob der Meister seine Stimme:

»Die wahre Natur ist unser innerster Wesenskern. Eine nahezu unbekannte, weil geheim gehaltene Eigenschaft unserer ursprünglichen Natur ist ihre Stofflichkeit. Sie ist eine verdichtete Substanz des Seins an sich.«

Er betrachtete seine Schüler, die um ihn herum auf dem Holzboden saßen.

»Die wahre Natur ist nicht nur ein geistiges Sein, sie durchdringt vielmehr alle Existenzebenen. Sie kann ihren Ausdruck tatsächlich auch als eine stoffliche Substanz finden, die im Körper im Verlauf des inneren alchemistischen Prozesses gebildet wird. Nur in manchen Traditionen ist bekannt, dass sich nach dem Verbrennen des Körpers eines verwirklichten Menschen eine besondere Materie in seiner Asche finden lässt, eine Art Essenz seiner Verwirklichung, die zu Lebzeiten im Körper angesammelt wurde. Manche Suchende sind einfache, unauffällig lebende Menschen, und man erkennt erst nach ihrem Tod, welche Verwirklichung sie eigentlich erreicht haben.«

Ernst und durchdringend lag sein Blick auf denen, die ihm vertrauten.

»Höchstes Ziel des Weges ist jedoch der vollständige Übergang des menschlichen Körpers in einen Körper aus Licht, den Regenbogenkörper, der alle Elemente in sich vereint. Wenn sich ein solcher Mensch entschließt, seinen Körper zu verlassen, zieht er sich während des Sterbeprozesses in die Abgeschiedenheit zurück. Der menschliche Körper löst sich während dieses machtvollen inneren Geschehens in seine ursprünglichen Elemente auf. Nur Fingernägel und Haare bleiben zurück. Der Körper wird ganz und gar in die leuchtende Essenz der Elemente absorbiert und existiert auf einer feineren Schwingungsebene weiter, die für unsere menschlichen Augen nicht mehr sichtbar ist.«

Die Schüler wagten kaum zu atmen oder sich zu bewegen. Noch nie hatte der Meister so ausführlich über den Prozess des Todes und den geheimnisvollen Lichtkörper gesprochen.

»Ein solch feinstofflicher Körper kann auch weiterhin mit den Lebewesen in Kontakt treten. Diese Umwandlung des Körpers ist die Frucht lebenslanger Suche und der Arbeit mit den fünf Elementen und den dem Menschen innewohnenden Kräften.«

Dorje schlug ein vergilbtes, abgegriffenes Buch mit fremdländischen Schriftzeichen auf. Sein Antlitz war voller Liebe, als er weitersprach.

»In einem sehr alten Text, der die tiefe, verborgene Dimension der Wirklichkeit beschreibt, steht geschrieben: »Meine Essenz besteht aus Raum, Luft, Wasser, Erde und Feuer. Aus diesem innersten Herz, das der ursprüngliche Zustand der Erleuchtung ist, entsteht das ganze belebte und unbelebte Universum.«

Nach langem Schweigen fügte er leise hinzu: »Jeder von euch trägt sie in sich – diese Essenz, das innerste Herz des Seins. Dort sind wir eins und werden immer miteinander verbunden sein.«

An einem Winternachmittag saß Dorje aufrecht in seinem Bett und nahm von allen Abschied. Licht erfüllte den Raum. Dann wurde die Tür zu seinem Zimmer verschlossen und in der Schule wurde es still. Große Schneeflocken fielen tagelang aus dem Himmel und bedeckten das Land.

Erst nach einer Woche riss der Himmel wieder auf. Ein Regenbogen stand über dem Berg.

Seit Amai aus dem fernen Land der Pyramiden in ihre Heimat zurückgekehrt war, schien die Welt um sie herum verwandelt. Bisweilen wusste sie nicht, war sie wach oder träumte sie. Das Leben pulsierte in seinem gewohnten Rhythmus und die Menschen beschäftigten sich mit ihren Sorgen, Wünschen und Hoffnungen, mit Haut und Haar dem Leben zugewandt. Manchmal stand sie einfach nur da und schaute, mitten im Gewimmel auf dem bunten Markt der Stadt, im schlichten Kleid, das Haar vom Wind zerzaust. Seit sie zurückgekommen war, fühlte sie sich nicht mehr nur ihrem Körper zugehörig. Sie war ihr Körper und doch nicht ihr Körper. Sie hatte nur wenige Wünsche, und was entstand, formte sich aus der Tiefe ihres Herzens. Aus dieser fruchtbaren Leere stiegen Empfindungen auf – oder auch nicht: Dann war da einfach ein Gewahrsein ohne Form und Farbe, gelegentlich begleitet von einem Hauch Fremdheit. Vor allem Zeiten, die von einer Art Gefühllosigkeit bestimmt waren, überraschten sie. Da war einfach nur ein Sein, das sie erfüllte oder vielmehr, sie war selber das Sein, ein Strom wirklichen, lebendigen Bewusstseins, das ihren Körper bewohnte und auch zu den Sternen fliegen konnte. Nicht mehr beständig einem Ziel, einem Vorhaben zu folgen, war ungewohnt, obgleich sie sich um das Notwendige in ihrem Leben kümmerte, damit sie zu essen und ein Dach über dem Kopf hatte. Eine gute Zeit war angebrochen, die Tage so neu, so anders, angefüllt mit stillem, großem Staunen. Voller Liebe.

Das bemerkten auch die Menschen um sie herum. Jeder Moment war eine Begegnung, ein Tanz mit dem Leben. Welchen Geschmack er auch in sich trug – er war willkommen.

Lesen und Erkennen

Jan Chozen Bays
Achtsam durch den Tag
ISBN 978-3-86410-024-6

Sylvia Luetjohann
Tantrische Weisheitsgeschichten
ISBN 978-3-89385-504-9

Mohsen Charifi
Ein Tag mit der Liebe
ISBN 978-3-86410-030-7

Chögyal Namkhai Norbu
Dzogchen der Weg des Lichts
ISBN 978-3-89385-671-8

Alejandro Jodorowsky
Der Finger und der Mond
ISBN 978-3-89385-496-7

Chögyam Trungpa
Wie unser Geist funktioniert
ISBN 978-3-86410-044-4

www.windpferd.de